ちくま文庫

教科書で読む名作

陰翳礼讃・刺青 ほか

谷崎潤一郎

筑摩書房

カバー・本文デザイン　川上成夫

＊

目次

傍注イラスト・秦麻利子

教科書で読む名作

陰翳礼讃・刺青ほか

【凡例】

一 「教科書で読む名作」シリーズでは、なるべく原文を尊重しつつ、文字表記を読みやすいものにした。

1 原則として、旧仮名遣いは新仮名遣いに、旧字は新字に改めた。

2 極端な当て字と思われるもの、代名詞・接続詞・副詞・連体詞・形式名詞・補助動詞などの一部は、仮名に改めたものがある。

3 常用漢字で転用できる漢字で、原文を損なうおそれが少ないと思われるものは、これを改めた。

4 送り仮名は、現行の「送り仮名の付け方」によった。

5 常用漢字の音訓表にないものには、作品ごとの初出でルビを付した。

二 今日の人権意識に照らして不当・不適切と思われる、人種・身分・職業・身体および精神障害に関する語句や表現については、時代的背景と作品の価値にかんがみ、そのままとした。

三 本巻に収録した作品のテクストは、『谷崎潤一郎全集』（全30巻）を使用した。

四 本書は、ちくま文庫のためのオリジナル編集である。

陰翳礼讃《いんえいらいさん》

発表――一九三三（昭和八）年
高校国語教科書初出――一九五〇（昭和二五）年
秀英出版『われわれの国語（一）』

○

今日、普請道楽の人が純日本風の家屋を建てて住まおうとすると、電気やガスや水道などの取り付け方に苦心を払い、何とかしてそれらの施設が日本座敷と調和するように工夫を凝らすふうがあるのは、自分で家を建てた経験のない者でも、待合《まちあい》[1]・料理屋・旅館などの座敷へ入ってみれば常に気が付くことであろう。独りよがりの茶人などが科学文明の恩沢を度外視して、辺鄙《へんぴ》な田舎にでも草庵を営むなら格別、いやしくも相当の家族を擁して都会に住居する以上、いくら日本風にするからといって、近代生活に必要な暖房や照明や衛生の設備を斥《しりぞ》けるわけにはいかない。で、凝り性の人は電話一つ取り付けるにも頭を悩まして、梯子《はしご》段《だん》の裏とか、廊下の隅とか、できるだけ目障りにならない場所に持っていく。その他庭の電線は地下線にし、部屋のスイッチは押し入れや地袋《じぶくろ》[2]の中に隠し、コードは屏風《びょうぶ》の陰を這《は》わすなど、いろいろ考えた揚げ

1　待合　芸妓《げいぎ》との遊興のために利用された貸し席。　2　地袋　床の間脇の違い棚の下に作られた収納用の小戸棚。

句、なかには神経質に作為をし過ぎて、かえってうるさく感ぜられるような場合もある。実際電灯などはもうわれわれの目のほうが馴《な》れっこになってしまっているから、なまじなことをするよりは、あの在来の乳白ガラスの浅い[3]シェードを付けて、球をムキ出しに見せておくほうが、自然で、素朴な気持ちもする。夕方、汽車の窓などから田舎の景色を眺めている時、茅葺《かやぶ》きの百姓家の障子の陰に、今では時代おくれのしたあの浅いシェードを付けた電球がぽつんと灯《とも》っているのを見ると、風流にさえ思えるのである。しかし扇風器などというものになると、あの音響といい形態といい、いまだに日本座敷とは調和しにくい。それも普通の家庭なら、イヤなら使わないでも済むが、夏向き、客商売の家などでは、主人の趣味にばかり媚《こ》びるわけにいかない。私の友人の[4]偕楽園《かいらくえん》主人はずいぶん普請に凝るほうであるが、扇風器を嫌って久しい間客間に取り付けずにいたところ、毎年夏になると客から苦情が出るために、結局我を折って使うようになってしまった。かくいう私なぞも、先年身分不相応な大金を投じて家を建てた時、それに似たような経験を持っているが、細かい建具や器具の末まで気にし出したら、種々な困難に行きあたる。たとえば障子一枚にしても、趣味からいえばガラスを嵌《は》めたくないけれども、そうかといって、徹底的に紙ばかりを使おうとすれば、採光や戸締まりなどの点で差し支えが起こる。よんどころなく内側を紙貼りにして、外側をガラス張りにする。そうするためには表と裏と桟を二重にする必要があり、したがって費用も嵩《かさ》むのであるが、さてそんなにまでしてみても、外から見ればただのガラス戸であり、内から見れば紙のうしろにガラスがあるので、やはり本当の紙障子のようなふっくらした柔らかみがなく、イヤ味なものになりがちである。そのくらいならただのガラス戸にしたほうがよかったと、やっとその時に後悔するが、他人の場合は笑えても、自分の場合は、そこまでやってみないことにはなかなかあきらめが付きにくい。近来電灯の器具などは、[5]行灯《あんどん》式のもの、[6]提灯《ちょうちん》式のもの、[7]八方式のもの、[8]燭台《しょくだい》式のものなど、日本座敷に調和するものがいろいろ売り出されているが、私は

3 シエード　電灯や電気スタンドのかさ。［英語］shade　4 偕楽園　日本初の高級中華料理店、倶楽部《くらぶ》偕楽園。谷崎は一八九二年以来、日本橋阪本《さかもと》小学校で知り合った偕楽園の一人息子、笹沼源之助《ささぬまげんのすけ》と親友付き合いを続けた。　5 行灯　木や竹の枠に紙を貼り、中に油皿を据えて火をともす照明具。　6 提灯　細い竹ひごの骨に紙を貼り、中にろうそくを立てて用いる照明具。　7 八方　平たい大形の釣り行灯。湯屋・寄席《よせ》・居酒屋など人の集まる場所で、天井などにつるして用いた。八間《はちけん》行灯。　8 燭台　ろうそくを立てて火をともす台。

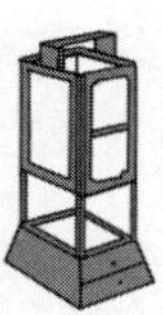
行灯

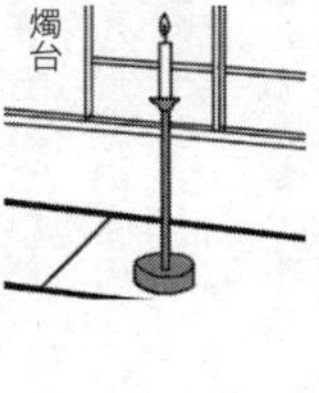
燭台

それでも気に入らないで、昔の石油ランプや有明《ありあけ》行灯[9]や枕行灯を古道具屋から捜してきて、それへ電球を取り付けたりした。分けても苦心したのは暖房の設計であった。というのは、およそストーヴと名のつくもので日本座敷に調和するような形態のものは一つもない。その上ガスストーヴはぼうぼう燃える音がするし、また煙突でも付けないことにはじきに頭痛がしてくるし、そういう点では理想的だといわれる電気ストーヴにしても、形態の面白くないことは同様である。電車で使っているようなヒーターを地袋の中へ取り付けるのは一策だけれども、やはり赤い火が見えないと、冬らしい気分にならないし、家族の団欒《だんらん》にも不便である。私はいろいろ知恵を絞って、百姓家にあるような大きな炉を造り、中へ電気炭を仕込んでみたが、これは湯を沸かすにも部屋を温めるにも都合がよく、費用が嵩むという点を除けば、様式としてはまず成功の部類であった。で、暖房のほうはそれでどうやら巧《うま》くいくけれども、次に困るのは、浴室と厠《かわや》[10]である。偕楽園主人は浴槽や流しにタイルを張ることを嫌がって、お客用の風呂場を純然たる木造にしているが、経済や実用の点からは、タイルのほうが万々優っていることはいうまでもない。ただ、天井、柱、羽目板などに結構な日本材を使った場合、一部分をあのケバケバしいタイルにしては、いかにも全体との映りが悪い。出来たてのうちはまだいいが、追い追い年数が経《た》って、板や柱に木目の味が出てきた時分、タイルばかりが白くつるつるに光っていられたら、それこそ木に竹を接《つ》いだようである。でも浴室は、趣味のために実用のほうを幾分犠牲に供しても済むけれども、厠になると、いっそう厄介な問題が起こるのである。

○

私は、京都や奈良《なら》の寺院へ行って、昔風の、うすぐらい、そうしてしかも掃除の行き届いた厠へ案内されるごとに、つくづく日本建築のありがたみを感じる。茶の間もいいにはいいけれども、日本の厠は実に精神が安まるようにできている。それらは必ず母屋から離れて、青葉の匂いや苔《こけ》の匂いのしてくるような植え込みの陰に設けてあり、廊下を伝わっていくのであるが、そのうすぐらい光線の中にうずくまって、ほん

9 有明行灯　小形立方体の手提げ行灯。側板が三日月形や満月形などに切り抜かれている。寝室の枕元に置いて、終夜ともし続けた。「枕行灯」もその一種。10 厠　便所。川の上に設けた「川屋」、家の外側に設けた「側屋」の意ともいう。

のり明るい障子の反射を受けながら瞑想《めいそう》に耽《ふけ》り、または窓外の庭のけしきを眺める気持ちは、何ともいえない。[11]漱石《そうせき》先生は毎朝便通に行かれることを一つの楽しみに数えられ、それはむしろ生理的快感であると言われたそうだが、その快感を味わううえにも、閑寂な壁と、清楚《せいそ》な木目に囲まれて、目に青空や青葉の色を見ることのできる日本の厠ほど、格好な場所はあるまい。そうしてそれには、繰り返して言うが、ある程度の薄暗さと、徹底的に清潔であることと、蚊の呻《うな》りさえ耳につくような静かさとが、必須の条件なのである。私はそういう厠にあって、しとしとと降る雨の音を聴くのを好む。ことに関東の厠には、床に細長い掃き出し窓がついているので、軒端や木の葉からしたたり落ちる点滴が、[12]石灯籠《いしどうろう》の根を洗い飛び石の苔を湿《うる》おしつつ土に沁《し》み入るしめやかな音を、ひとしお身に近く聴くことができる。まことに厠は虫の音によく、鳥の声によく、月夜にもまたふさわしく、四季おりおりのもののあわれを味わうのに最も適した場所であって、おそらく古来の俳人はここから無数の題材を得ているであろう。さすれば日本の建築の中で、一番風流にできているのは厠であるともいえなくはない。すべてのものを詩化してしまう我らの祖先は、住宅中でどこよりも不潔であるべき場所を、かえって、雅致のある場所に変え、花鳥風月と結び付けて、なつかしい連想の中へ包むようにした。これを西洋人が頭から不浄扱いにし、公衆の前で口にすることをさえ忌むのに比べれば、我らのほうが遥《はる》かに賢明であり、真に風雅の骨髄を得ている。強いて欠点を言うならば、母屋から離れているために、夜中に通うには便利が悪く、冬はことに風邪を引く憂いがあることだけれども、「風流は寒きものなり。」という斎藤緑雨《さいとうりょくう》[13]の言のごとく、ああいう場所は外気と同じ冷たさのほうが気持ちがよい。ホテルの西洋便所で、スチームの温気《うんき》がしてくるなどは、まことにイヤなものである。ところで、数寄屋普請[14]を好む人は、誰しもこういう日本流の厠を理想とするであろうが、寺院のように家の広い割に人数が少なく、しかも掃除の手が揃《そろ》っているところはいいが、普通の住宅で、ああいうふうに常に清潔を保つことは容易でない。とりわけ床を板張りや畳にすると、礼儀作法をやかましく言い、雑巾がけを励行しても、つい汚れが目立つのである。で、これも結局はタイルを張り詰め、水洗式のタンクや便器を取り付けて、浄化装置にするのが、衛生的でもあれば、手数も省ける

11　漱石先生　夏目漱石。小説家、評論家、英文学者。一八六七—一九一六年。12　石灯籠　石で造った灯籠。社寺に据えて火をともし、また庭園などに置いて趣を添える。13　斎藤緑雨　小説家、評論家。一八六七—一九〇四年。鋭い風刺の批評で知られた。14　数寄屋普請　茶室建築の手法を取り入れた住宅様式。数寄屋造り。

ということになるが、その代わり「風雅」や「花鳥風月」とはまったく縁が切れてしまう。そこがそんなふうにぱっと明るくて、おまけに四方が真っ白な壁だらけでは、漱石先生のいわゆる生理的快感を、心ゆく限り享楽する気分になりにくい。なるほど、隅から隅まで純白に見え渡るのだから確かに清潔には違いないが、自分の体から出るものの落ち着き先について、そうまで念を押さずとものことである。いくら美人の玉の肌でも、お臀《しり》や足を人前へ出しては失礼であると同じように、ああムキ出しに明るくするのはあまりといえば無躾《ぶしつけ》千万、見える部分が清潔であるだけ見えない部分の連想を挑発させるようにもなる。やはりああいう場所は、もやもやとした薄暗がりの光線で包んで、どこから清浄になり、どこから不浄になるとも、けじめを朦朧《もうろう》とぼかしておいたほうがよい。まあそんなわけで、私も自分の家を建てる時、浄化装置にはしたものの、タイルだけは一切使わぬようにして、床には楠《くすのき》の板を張り詰め、日本風の感じを出すようにしてみたが、さて困ったのは便器であった。というのは、御承知のごとく、水洗式のものは皆真っ白な磁器でできていて、ピカピカ光る金属製の把手《とって》などが付いている。ぜんたい私の注文をいえば、あの器は、男子用のも、女子用のも、木製のやつが一番いい。蠟《ろう》塗りにしたのは最も結構だが、木地のままでも、年月を経るうちには適当に黒ずんできて、木目が魅力を持つようになり、不思議に神経を落ち着かせる。分けてもあの、木製の朝顔[15]に青々とした杉の葉を詰めたのは、目に快いばかりでなく些《いささ》かの音響をも立てない点で理想的というべきである。私はああいう贅沢《ぜいたく》な真似《まね》はできないまでも、せめて自分の好みに叶《かな》った器を造り、それへ水洗式を応用するようにしてみたいと思ったのだが、そういうものを特別に誂《あつら》えると、よほどの手間と費用がかかるのであきらめるより外はなかった。そしてその時に感じたのは、照明にしろ、暖房にしろ、便器にしろ、文明の利器を取り入れるのにもちろん異議はないけれども、それならそれで、なぜもう少しわれわれの習慣や趣味生活を重んじ、それに順応するように改良を加えないのであろうか、という一事であった。

○

すでに行灯式の電灯がはやり出してきたのは、われわれが一時忘れていた「紙」と

15 朝顔　男子用便器。朝顔の花のような形をしているので、そう呼ばれた。

いうものの持つ柔らかみと温かみに再び目ざめた結果であり、それのほうがガラスよりも日本家屋に適することを認めてきた証拠であるが、便器やストーヴは、今もってしっくり調和するような形式のものが売り出されていない。暖房は私が試みたように炉の中へ電気炭を仕込むのが一番いいように思うけれども、かかる簡単な工夫をすら施そうとする者がなく(貧弱な電気火鉢というものはあるが、あれは暖房の用をなさないこと、普通の火鉢と同じである)、出来合いの品といえば、皆あの不格好な西洋風の暖炉である。が、こういう些末《さまつ》な衣食住の趣味についてかれこれと気を遣うのは贅沢である。寒暑や飢餓を凌《しの》ぐにさえ足りれば様式などは問うところでないという人もあろう。事実、いくら痩せ我慢をしてみても「雪の降る日は寒くこそあれ。」で眼前に便利な器具があれば、風流不風流を論じている暇はなく、滔々《とうとう》としてその恩沢に浴する気になるのは、やむを得ない趨勢《すうせい》であるけれども、私はそれを見るにつけても、もし東洋に西洋とは全然別個の、独自の科学文明が発達していたならば、どんなにわれわれの社会の有様が今日とは違ったものになっていたであろうか、ということを常に考えさせられるのである。たとえば、もしわれわれがわれわれ独自の物理学を有し、化学を有していたならば、それに基づく技術や工業もまた自ら《おのずか》別様の発展を遂げ、日用百般の機械でも、薬品でも、工芸品でも、もっとわれわれの国民性に合致するようなものが生まれてはいなかったであろうか。いや、おそらくは、物理学そのもの、化学そのものの原理さえも、西洋人の見方とは違った見方をし、光線とか、電気とか、原子とかの本質や性能についても、今われわれが教えられているようなものとは、異なった姿を露呈していたかも知れないと思われる。私にはそういう学理的のことは分からないから、ただぼんやりとそんな想像を逞《たくま》しゅうするだけであるが、しかし少なくとも、実用方面の発明が独創的の方向を辿《たど》っていたとしたならば、衣食住の様式はもちろんのこと、ひいてはわれらの政治や、宗教や、芸術や、実業などの形態にもそれが広範な影響を及ぼさないはずはなく、東洋は東洋で別個の乾坤《けんこん》を打開したであろうことは、容易に推測し得られるのである。卑近な例を取ってみると、私はかつて「文藝春秋《ぶんげいしゅんじゅう》」[16]に万年筆と毛筆との比較を書いたが、仮に万年筆というものを昔の日本人か支那《しな》人[17]が考案したとしたならば、必ず穂先をペンにしないで毛筆にしたであろう。

16「文藝春秋」文藝春秋が発行する月刊雑誌。一九二三年に菊池寛《きくちかん》が創刊した。17 支那　中国の異称。現在の中国本土をさす。この呼称は中国人への侮蔑感を含んでいるというので、戦後は使用を避ける人が多い。

そしてインキもああいう青い色でなく、墨汁に近い液体にして、それが軸から毛のほうへ滲《し》み出るように工夫したであろう。さすれば、紙も西洋紙のようなものでは不便であるから、大量生産で製造するとしても、和紙に似た紙質のもの、改良半紙のようなものが最も要求されたであろう。紙や墨汁や毛筆がそういうふうに発達していたら、ペンやインキが今日のごとき流行を見ることはなかったであろうし、したがってまたローマ字論[18]などが幅を利かすこともできまいし、漢字や仮名文字に対する一般の愛着も強かったであろう。いや、そればかりでない、我らの思想や文学さえも、あるいはこうまで西洋を模倣せず、もっと独創的な新天地へ突き進んでいたかも知れない。かく考えてくると、些《さ》細《さい》な文房具ではあるが、その影響の及ぶところは無辺際に大きいのである。

○

そういうことを考えるのは小説家の空想であって、もはや今日になってしまった以上、もう一度逆戻りをしてやり直すわけにいかないことは分かりきっている。だから私の言うことは、今さら不可能事を願い、愚痴をこぼすのに過ぎないのであるが、愚痴は愚痴として、とにかく我らが西洋人に比べてどのくらい損をしているかということは、考えてみても差し支えあるまい。つまり、一口に言うと、西洋のほうは順当な方向を辿って今日に到達したのであり、我らのほうは、優秀な文明に逢着《ほうちゃく》してそれを取り入れざるを得なかった代わりに、過去数千年来発展し来たった進路とは違った方向へ歩み出すようになった、そこからいろいろな故障や不便が起こっていると思われる。もっともわれわれを放っておいたら、五百年前も今日も物質的には大した進展をしていなかったかも知れない。現に支那やインドの田舎へ行けば、お釈迦《しゃか》[19]様や孔子[20]様の時代とあまり変わらない生活をしているでもあろう。だがそれにしても自分たちの性に合った方向だけは取っていたであろう。そして緩慢にではあるが、いくらかずつの進歩をつづけて、いつかは今日の電車や飛行機やラジオに代わるもの、それは他人の借り物でない、ほんとうに自分たちに都合のいい文明の利器を発見する日が来なか

18 **ローマ字論** 日本語の主たる表記をローマ字とすべきだという主張。明治維新直後から唱えられた。 19 **釈迦** 仏教の開祖。前四六三頃―前三八三年頃。釈迦牟尼。 20 **孔子** 中国、春秋時代の学者、思想家。前五五一―前四七九年。儒教の開祖。

ったとは限るまい。早い話が、映画を見ても、アメリカのものと、フランスやドイツのものとは、陰翳や、色調の具合が違っている。演技とか脚色とかは別にして、写真面だけで、どこかに国民性の差異が出ている。同一の機械や薬品やフィルムを使ってもなおかつそうなのであるから、われわれに固有の写真術があったら[21]、どんなにわれわれの皮膚や容貌や気候風土に適したものであったかと思う。蓄音器やラジオにしても、もしわれわれが発明したなら、もっとわれわれの声や音楽の特長を生かすようなものができたであろう。元来われわれの音楽は、控え目なものであり、気分本位のものであるから、レコードにしたり、拡声器で大きくしたりしたのでは、大半の魅力が失われる。話術にしてもわれわれのほうは声が小さく、言葉数が少なく、そうして何よりも「間」が大切なのであるが、機械にかけたら「間」は完全に死んでしまう。そこでわれわれは、機械に迎合するように、かえってわれわれの芸術自体を歪《ゆが》めていく。西洋人のほうは、もともと自分たちの間で発達させた機械であるから、彼らの芸術に都合がいいようにできているのは当たり前である。そういう点で、われわれは実にいろいろの損をしていると考えられる。

○

紙というものは支那人の発明であると聞くが、われわれは西洋紙に対すると、単なる実用品という以外に何の感じも起こらないけれども、唐紙[22]や和紙の肌理《きめ》を見ると、そこに一種の温かみを感じ、心が落ち着くようになる。同じ白いのでも、西洋紙の白さと奉書[23]や白唐紙の白さとは違う。西洋紙の肌は光線を撥《は》ね返すような趣があるが、奉書や唐紙の肌は、柔らかい初雪の面《おもて》のように、ふっくらと光線を中へ吸い取る。そうして手ざわりがしなやかであり、折っても畳んでも音を立てない。それは木の葉に触れているのと同じようにもの静かで、しっとりしている。ぜんたいわれわれは、ピカピカ光るものを見ると心が落ち着かないのである。西洋人は食器などにも銀や鋼鉄

21 **蓄音器** 円盤レコードの溝に針を接触させ、録音した音を再生する装置。一八七七年、エジソンが発明。22 **唐紙** 中国渡来の紙。模様を摺《す》り出した厚手の紙で、中古には手紙や装飾紙として用いられ、中世以降は主に襖《ふすま》を張るのに用いられた。23 **奉書** ここでは、奉書に用いられる奉書紙のこと。「奉書」は古文書の形式の一つで、主人の意を受けて従者が下達する文書。

蓄音器

やニッケル製のものを用いて、ピカピカ光るように磨き立てるが、われわれはああいうふうに光るものを嫌う。われわれのほうでも、湯沸かしや、杯や、銚子《ちょうし》などに銀製のものを用いることはあるけれども、ああいうふうに磨き立てない。かえって表面の光が消えて、時代がつき、黒く焼けてくるのを喜ぶのであって、心得のない下女などが、せっかくさびの乗ってきた銀の器をピカピカに磨いたりして、主人に叱られることがあるのは、どこの家庭でも起こる事件である。近来、支那料理の食器は一般に錫《すず》製のものが使われているが、おそらく支那人はあれが古色を帯びてくるのを愛するのであろう。新しい時はアルミニュームに似た、あまり感じのいいものではないが、支那人が使うとああいうふうに時代をつけ、雅味のあるものにしてしまわなければ承知しない。そしてあの表面に詩の文句などが彫ってあるのも、肌が黒ずんでくるに従い、しっくりと似合うようになる。つまり支那人の手にかかると、薄っぺらでピカピカする錫という軽金属が、朱泥のように深みのある、沈んだ、重々しいものになるのである。支那人はまた玉《ぎょく》[24]という石を愛するが、あの、妙に薄濁りのした、幾百年もの古い空気が一つに凝結したような、奥の奥のほうまでどろんとした鈍い光を含む石のかたまりに魅力を感ずるのは、われわれ東洋人だけではないであろうか。ルビーやエメラルドのような色彩があるのでもなければ、金剛石[25]のような輝きがあるのでもないああいう石のどこに愛着を覚えるのか、私たちにもよく分からないが、しかしあのどんよりした肌を見ると、いかにも支那の石らしい気がし、長い過去を持つ支那文明の滓《おり》があの厚みのある濁りの中に堆積しているように思われ、支那人があゝいう色沢や物質を嗜好《しこう》するのに不思議はないということだけは、頷《うなず》ける。水晶などにしても、近頃はチリからたくさん輸入されるが、日本の水晶に比べると、チリのはあまりきれいに透きとおり過ぎている。昔からある甲州産[26]の水晶というものは、透明の中にも、全体にほんのりとした曇りがあって、もっと重々しい感じがするし、草入り水晶などといって、奥のほうに不透明な固形物の混入しているのを、むしろわれわれは喜ぶのである。ガラスでさえも、支那人の手に成った乾隆《けんりゅう》[27]グラスというものは、ガラスというよりも玉か瑪瑙《めのう》[28]に近いではないか。玻璃《はり》[29]を製造する術は早くから東洋にも知られていながら、

24 玉　中国で、色や光沢が美しいとして珍重された石。白玉《はくぎょく》、翡翠《ひすい》など。25 金剛石　ダイヤモンド。26 甲州産の水晶　「甲州」は甲斐《かい》国の別名で、現在の山梨《やまなし》県。山梨県金峰山《きんぷさん》周辺は、明治時代頃にはとりわけ有名な水晶の産地だった。27 乾隆グラス　中国、清《しん》代に作られたガラス製品。ことに、乾隆年間（一七三五—九六年）に発達し、すぐれたものが作られた。そこで、清代のガラス器の俗称となった。28 瑪瑙　石英の結晶の集合体で、色や透明度の違いにより層状の縞《しま》模様をもつ。29 玻璃　ガラスの異称。

それが西洋のように発達せずに終わり、陶器のほうが進歩したのは、よほどわれわれの国民性に関係するところがあるに違いない。われわれは一概に光るものが嫌いというわけではないが、浅く冴《さ》えたものよりも、沈んだ翳《かげ》りのあるものを好む。それは天然の石であろうと、人工の器物であろうと、必ず時代のつやを連想させるような、濁りを帯びた光なのである。もっとも時代のつやなどというとよく聞こえるが、実を言えば手垢《てあか》の光である。支那に「手沢」という言葉があり、日本に「なれ」という言葉があるのは、長い年月の間に、人の手が触って、一つところをつるつる撫《な》でているうちに、自然と脂が沁み込んでくるようになる、そのつやをいうのだろうから、言い換えれば手垢に違いない。して見れば、「風流は寒きもの」であると同時に、[30]「むさきものなり。」という警句も成り立つ。とにかくわれわれの喜ぶ「雅致」というものの中には幾分の不潔、かつ非衛生的分子があることは否まれない。西洋人は垢を根こそぎ発《あば》き立てて取り除こうとするのに反し、東洋人はそれを大切に保存して、そのまま美化する、と、まあ負け惜しみを言えば言うところだが、因果なことに、われわれは人間の垢や油煙や風雨のよごれが付いたもの、ないしはそれを想《おも》い出させるような色あいや光沢を愛し、そういう建物や器物の中に住んでいると、奇妙に心が和やいでき、神経が安まる。それで私はいつも思うのだが、病院の壁の色や手術服や医療機械なんかも、日本人を相手にする以上、ああピカピカするものや真っ白なものばかり並べないで、もう少し暗く、柔らかみを付けたらどうであろう。もしあの壁が砂壁か何かで、日本座敷の畳の上に臥《ね》ながら治療を受けるのであったら、患者の興奮が静まることは確かである。われわれが歯医者へ行くのを嫌うのは、一つにはがりがりという音響にもよるが、一つにはガラスや金属製のピカピカするものが多過ぎるので、それに怯《おび》えるせいもある。私は神経衰弱の激しかった時分、最新式の設備を誇るアメリカ帰りの歯医者と聞くと、かえって怖気《おぞけ》をふるったものだった。そして田舎の小都会などにある、昔風の日本家屋に手術室を設けた、時代後れのしたような歯医者のところへ好んで出かけた。そうかといって、古色を帯びた医療機械なんかも困ることは困るが、もし近代の医術が日本で成長したのであったら、病人を扱う設備や機械も、何とか日本座敷に調和するように考案されていたであろう。これもわれわれが借り物のために損をしている一つの例である。

30 むさきもの　汚くて、場所をともにしたくないもの。

○

京都に「わらんじや」[31]という有名な料理屋があって、ここの家では近頃まで客間に電灯をともさず、古風な燭台を使うのが名物になっていたが、ことしの春、久しぶりで行ってみると、いつの間にか行灯式の電灯を使うようになっている。いつからこうしたのかと聞くと、去年からこれにいたしました、蠟燭《ろうそく》の灯ではあまり暗すぎると仰《おっ》しゃるお客様が多いものでござりますから、よんどころなくこういうふうに致しましたが、やはり昔のままのほうがよいと仰しゃるお方には、燭台を持ってまいりますと言う。で、せっかくそれを楽しみにして来たのであるから、燭台に替えてもらったが、その時私が感じたのは、日本の漆器の美しさは、そういうぼんやりした薄明かりの中に置いてこそ、初めてほんとうに発揮されるということであった。「わらんじや」の座敷というのは四畳半ぐらいの小ぢんまりした茶席であって、床柱や天井なども黒光りに光っているから、行灯式の電灯でももちろん暗い感じがする。が、それをいっそう暗い燭台に改めて、その穂のゆらゆらとまたたく陰にある膳や椀《わん》を見つめていると、それらの塗り物の沼のような深さと厚みとを持ったつやが、まったく今までとは違った魅力を帯び出してくるのを発見する。そしてわれわれの祖先が漆という塗料を見出《みいだ》し、それを塗った器物の色沢に愛着を覚えたことの偶然でないのを知るのである。友人サバルワル君の話に、インドでは現在でも食器に陶器を使うことを卑しみ、多くは塗り物を用いるという。われわれはその反対に、茶事とか、儀式とかの場合でなければ、膳と吸い物椀の外はほとんど陶器ばかりを用い、漆器というと、野暮くさい、雅味のないものにされてしまっているが、それは一つには、採光や照明の設備がもたらした「明るさ」のせいではないであろうか。事実、「闇」を条件に入れなければ漆器の美しさは考えられないと言っていい。今日では白漆というようなものもできたけれども、昔からある漆器の肌は、黒か、茶か、赤であって、それは幾重もの「闇」が堆積した色であり、周囲を包む暗黒の中から必然的に生まれ出たもののように思える。派手な蒔絵《まきえ》[32]などを施したピカピカ光る蠟塗りの手箱とか、文台とか、棚

31 わらんじや　三十三間堂（京都市東山区）の前にある古い料理店。豊臣秀吉《とよとみひでよし》が立ち寄って、わらじを脱いで休んだことからこの名があるという。わらじや。

32 蒔絵　金粉・銀粉・螺鈿《らでん》などで、漆器の表面に絵模様などを描く工芸。

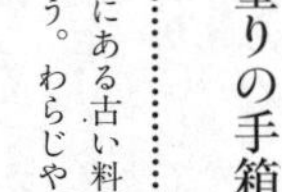

蒔絵

とかを見ると、いかにもケバケバしくて落ち着きがなく、俗悪にさえ思えることがあるけれども、もしそれらの器物を取り囲む空白を真っ黒な闇で塗り潰し、太陽や電灯の光線に代えるに一点の灯明か蠟燭のあかりにしてみたまえ、たちまちそのケバケバしいものが底深く沈んで、渋い、重々しいものになるであろう。古《いにしえ》の工芸家がそれらの器に漆を塗り、蒔絵を画《か》く時は、必ずそういう暗い部屋を頭に置き、乏しい光の中における効果を狙ったのに違いなく、金色を贅沢に使ったりしたのも、それが闇に浮かび出る具合や、灯火を反射する加減を考慮したものと察せられる。つまり金蒔絵は明るいところで一度にぱっとその全体を見るものではなく、暗いところでいろいろの部分がときどき少しずつ底光りするのを見るようにできているのであって、豪華絢爛《けんらん》な模様の大半を闇に隠してしまっているのが、言い知れぬ余情を催すのである。そして、あのピカピカ光る肌のつやも、暗いところに置いてみると、それがともし火の穂のゆらめきを映し、静かな部屋にもおりおりの風のおとずれのあることを教えて、そぞろに人を瞑想に誘い込む。もしあの陰鬱な室内に漆器というものがなかったなら、蠟燭や灯明の醸し出す怪しい光の夢の世界が、その灯のはためきが打っている夜の脈《みゃく》搏《はく》が、どんなに魅力を減殺されることであろう。まことにそれは、畳の上に幾すじもの小川が流れ、池水が湛《たた》えられているごとく、一つの灯影をここかしこに捉えて、細く、かそけく、ちらちらと伝えながら、夜そのものに蒔絵をしたような綾《あや》を織り出す。けだし食器としては陶器も悪くないけれども、陶器には漆器のような陰翳がなく、深みがない。陶器は手に触れると重く冷たく、しかも熱を伝えることが早いので熱いものを盛るのに不便であり、その上カチカチという音がするが、漆器は手ざわりが軽く、柔らかで、耳につくほどの音を立てない。私は、吸い物椀を手に持った時の、掌《てのひら》が受ける汁の重みの感覚と、生あたたかい温味《ぬくみ》とを何よりも好む。それは生まれたての赤ん坊のぷよぷよした肉体を支えたような感じでもある。吸い物椀に今も塗り物が用いられるのはまったく理由のあることであって、陶器の入れ物ではああはいかない。第一、蓋を取った時に、陶器では中にある汁の身や色合いが皆見えてしまう。漆器の椀のいいことは、まずその蓋を取って、口に持っていくまでの間、暗い奥深い底のほうに、容器の色とほとんど違わない液体が音もなく澱《よど》んでいるのを眺めた瞬間の気持ちである。人は、その椀の中の闇に何があるかを見分けることはできないが、汁がゆるやかに動揺するのを手の上に感じ、椀の縁がほんのり汗をかいているので、そこから湯気が立ち昇りつつあることを知り、その湯気が運ぶ匂いによって口に含む前にぼんやり味わいを予覚する。その瞬間の心持ち、スープを浅い白ちゃけた皿に入れて出す西洋流に比べて何という相違か。それは一種の神秘であり、禅味[33]であるともいえなくはない。

○

私は、吸い物椀を前にして、椀が微《かす》かに耳の奥へ沁むようにジイと鳴っている、あの遠い虫の音のようなおとを聴きつつこれから食べる物の味わいに思いをひそめる時、いつも自分が三昧境[34]に惹《ひ》き入れられるのを覚える。茶人が湯のたぎるおとに尾上《おのえ》[35]の松風を連想しながら無我の境に入るというのも、おそらくそれに似た心持ちなのであろう。日本の料理は食うものでなくて見るものだと言われるが、こういう場合、私は見るものである以上に瞑想するものであると言おう。そうしてそれは、闇にまたたく蠟燭の灯と漆の器とが合奏する無言の音楽の作用なのである。かつて漱石先生は『草《くさ》[36]枕《まくら》』の中で羊羹《ようかん》の色を賛美しておられたことがあったが、そういえばあの色などはやはり瞑想的ではないか。玉《ぎょく》のように半透明に曇った肌が、奥のほうまで日の光を吸い取って夢みるごときほの明るさを含んでいる感じ、あの色合いの深さ、複雑さは、西洋の菓子には絶対に見られない。クリームなどはあれに比べると何という浅はかさ、単純さであろう。だがその羊羹の色合いも、あれを塗り物の菓子器に入れて、肌の色が辛うじて見分けられる暗がりへ沈めると、ひとしお瞑想的になる。人はあの冷たく滑らかなものを口中に含む時、あたかも室内の暗黒が一個の甘い塊になって舌の先で融《と》けるのを感じ、ほんとうはそう旨《うま》くない羊羹でも、味に異様な深みが添《そ》わるように思う。けだし料理の色合いはどこの国でも食器の色や壁の色と調和するように工夫されているのであろうが、日本料理は明るいところで白っちゃけた器で食べては確かに食欲が半減する。たとえばわれわれが毎朝食べる赤味噌《みそ》の汁なども、あの色を考えると、昔の薄暗い家の中で発達したものであることが分かる。私はある茶会に呼ばれて味噌汁を出されたことがあったが、いつもは何でもなく食べていたあのどろどろの赤土色をした汁が、おぼつかない蠟燭の明かりの下で、黒漆の椀に澱んでいるのを見る

33 **禅味** 世俗を離れた枯淡な趣。34 **三昧境** ものごとに没頭している忘我の境地。35 **尾上** 兵庫県加古川《かこがわ》市の加古川河口東側の地名。尾上神社境内の松で知られる。歌枕の一つ。36 **『草枕』** 夏目漱石の小説。一九〇六年発表。

と、実に深みのある、うまそうな色をしているのであった。その外醤油《しょうゆ》などにしても、上方では刺し身や漬物やおひたしには濃い口の「たまり」を使うが、あのねっとりとしたつやのある汁がいかに陰翳に富み、闇と調和することか。また白味噌や、豆腐や、蒲鉾《かまぼこ》や、とろろ汁や、白身の刺し身や、ああいう白い肌のものも、周囲を明るくしたのでは色が引き立たない。第一飯にしてからが、ぴかぴか光る黒塗りの飯櫃《めしびつ》に入れられて、暗いところに置かれているほうが、見ても美しく、食欲をも刺激する。あの、炊きたての真っ白な飯が、ぱっと蓋を取った下から暖かそうな湯気を吐きながら黒い器に盛り上がって、一粒一粒真珠のようにかがやいているのを見る時、日本人なら誰しも米の飯のありがたさを感じるであろう。かく考えてくると、われわれの料理が常に陰翳を基調とし、闇というものと切っても切れない関係にあることを知るのである。

○

私は建築のことについてはまったく門外漢であるが、西洋の寺院のゴシック建築[37]というものは屋根が高く高く尖《とが》って、その先が天に冲《ちゅう》せんとしているところに美観が存するのだという。これに反して、われわれの国の[38]伽藍《がらん》では建物の上にまず大きな甍《いらか》を伏せて、その庇《ひさし》が作り出す深い広い陰の中へ全体の構造を取り込んでしまう。寺院のみならず、宮殿でも、庶民の住宅でも、外から見て最も目立つものは、ある場合には瓦葺き、ある場合には茅葺きの大きな屋根と、その庇の下にただよう濃い闇である。時とすると、白昼といえども軒から下には洞穴のような闇が繞《まと》っていて戸口も扉も壁も柱もほとんど見えないことすらある。これは[39]知恩院や[40]本願寺のような宏壮《こうそう》な建築でも、草深い田舎の百姓家でも同様であって、昔の大概な建物が軒から下と軒から上の屋根の部分とを比べると、少なくとも目で見たところでは、屋根のほうが重く、堆《うずだか》く、面積が大きく感ぜられる。さようにわれわれが住居を営むには、何よりも屋根という傘を広げて大地に一郭の日陰を落とし、その薄暗い陰翳の中に家造りをする。もちろん西洋の家屋にも屋根がないわけではないが、それは日光を遮蔽するよりも雨露をし

---

37 **ゴシック建築**　一二世紀中葉からフランスを中心に全ヨーロッパに広がり、一六世紀初頭まで続いた建築様式。尖塔《せんとう》アーチが特徴。ノートルダム寺院など。　38 **伽藍**　もとは、仏道修行者が集まって修行する清浄・閑静な場所の意。のちに、寺院の建築物の総称となった。　39 **知恩院**　京都市東山区にある浄土宗総本山の寺院。　40 **本願寺**　京都市下京区にある浄土真宗本願寺派の本山（西本願寺）、および同じく真宗大谷派の本山（東本願寺）の二寺院。

のぐためのほうが主であって、陰はなるべく作らないようにし、少しでも多く内部を明かりに曝《さら》すようにしていることは、外形を見ても頷《うなず》かれる。日本の屋根を傘とすれば、西洋のそれは帽子でしかない。しかも鳥打ち帽子[41]のようにできるだけ鍔《つば》を小さくし、日光の直射を近々と軒端に受ける。けだし日本家の屋根の庇が長いのは、気候風土や、建築材料や、その他いろいろの関係があるのであろう。たとえば煉瓦《れんが》やガラスやセメントのようなものを使わないところから、横なぐりの風雨を防ぐためには庇を深くする必要があったであろうし、日本人とて暗い部屋よりは明るい部屋を便利としたに違いないが、是非なくああなったのでもあろう。が、美というものは常に生活の実際から発達するもので、暗い部屋に住むことを余儀なくされたわれわれの先祖は、いつしか陰翳のうちに美を発見し、やがては美の目的に添うように陰翳を利用するに至った。事実、日本座敷の美はまったく陰翳の濃淡によって生まれているので、それ以外に何もない。西洋人が日本座敷を見てその簡素なのに驚き、ただ灰色の壁があるばかりで何の装飾もないというふうに感じるのは、彼らとしてはいかさまもっともであるけれども、それは陰翳の謎を解しないからである。われわれは、それでなくても太陽の光線の入りにくい座敷の外側へ、土庇を出したり縁側を付けたりしていっそう日光を遠のける。そして室内へは、庭からの反射が障子を透かしてほの明るく忍び込むようにする。われわれの座敷の美の要素は、この間接の鈍い光線に外ならない。われわれは、この力のない、わびしい、はかない光線が、しんみり落ち着いて座敷の壁へ沁み込むように、わざと調子の弱い色の砂壁を塗る。土蔵とか、厨《くりや》[42]とか、廊下のようなところへ塗るには照りをつけるが、座敷の壁はほとんど砂壁で、めったに光らせない。もし光らせたら、その乏しい光線の、柔らかい弱い味が消える。われらはどこまでも、見るからにおぼつかなげな外光が、黄昏《たそがれ》色の壁の面に取り着いて辛くも余命を保っている、あの繊細な明るさを楽しむ。我らにとってはこの壁の上の明るさあるいはほのぐらさが何物の装飾にも優るのであり、しみじみと見飽きがしないのである。されればそれらの砂壁がその明るさを乱さないようにとただ一色《ひといろ》の無地に塗ってあるのも当然であって、座敷ごとに少しずつ地色は違うけれども、何とその違いの微かであることよ。それは色の違いというよりもほんの僅かな濃淡の差異、

41 鳥打ち帽子　短い庇のついた平たい帽子。ハンチング。狩猟などに用いたことから、こう呼ばれた。42 厨　食物を調理する場所。台所。

鳥打ち帽子

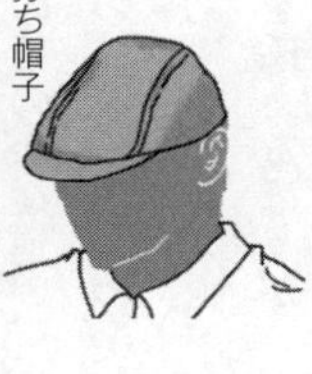

見る人の気分の相違というほどのものでしかない。しかもその壁の色のほのかな違いによって、また幾らかずつ各々《おのおの》の部屋の陰翳が異なった色調を帯びるのである。もっとも我らの座敷にも床の間というものがあって、掛け軸を飾り花を活《い》けるが、しかしそれらの軸や花もそれ自体が装飾の役をしているよりも、陰翳に深みを添えるほうが主になっている。われらは一つの軸を掛けるにも、その軸物とその床の間の壁との調和、すなわち「床うつり」を第一に貴ぶ。われらが掛け軸の内容を成す書や絵の巧拙と同様の重要さを表具に置くのも、実にそのためであって、床うつりが悪かったらいかなる名書画も掛け軸としての価値がなくなる。それと反対に一つの独立した作品としては大した傑作でもないような書画が、茶の間の床に掛けてみると、非常にその部屋との調和がよく、軸も座敷もにわかに引き立つ場合がある。そしてそういう書画、それ自身としては格別のものでもない軸物のどこが調和するのかといえば、それは常にその地紙や、墨色や、表具の裂《きれ》が持っている古色にあるのだ。その古色がその床の間や座敷の暗さと適宜な釣り合いを保つのだ。われわれはよく京都や奈良の名刹を訪ねて、その寺の宝物といわれる軸物が、奥深い大書院《43おおじょいん》の床の間にかかっているのを見せられるが、そういう床の間は大概昼も薄暗いので、図柄などは見分けられない、ただ案内人の説明を聞きながら消えかかった墨色のあとを辿って多分立派な絵なのであろうと想像するばかりであるが、しかしそのぼやけた古画と暗い床の間との取り合わせがいかにもしっくりしていて、図柄の不鮮明などは聊《いささ》かも問題でないばかりか、かえってこのくらいな不鮮明さがちょうど適しているようにさえ感じる。つまりこの場合、その絵はおぼつかない弱い光を受け留めるための一つのおくゆかしい「面」に過ぎないのであって、まったく砂壁と同じ作用をしかしていないのである。われらが掛け軸を選ぶのに時代や「さび」を珍重する理由はここにあるので、新画は水墨や淡彩のものでも、よほど注意しないと床の間の陰翳を打ち壊すのである。

○

もし日本座敷を一つの墨絵に喩《たと》えるなら、障子は墨色の最も淡

43 **大書院**　書院床をつけた表座敷。武家では客間とした。書院床は、床の間脇の縁側に張り出した棚で、下を地袋《じぶくろ》などとし、前に明かり障子を立てたもの。

大書院

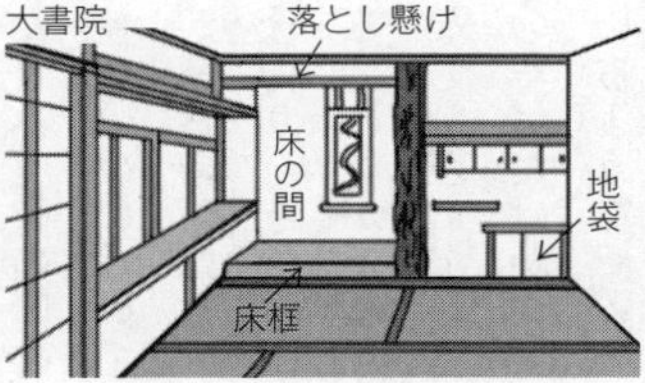

い部分であり、床の間は最も濃い部分である。私は、数奇を凝らした日本座敷の床の間を見るごとに、いかに日本人が陰翳の秘密を理解し、光と陰との使い分けに巧妙であるかに感嘆する。なぜなら、そこにはこれという特別なしつらえがあるのではない。要するにただ清楚な木材と清楚な壁とをもって一つの凹《くぼ》んだ空間を仕切り、そこへ引き入れられた光線[44]が凹みのここかしこへ朦朧たる隈《くま》を生むようにする。にもかかわらず、われらは落とし懸けのうしろや、花活けの周囲や、違い棚の下などを埋めている闇を眺めて、それが何でもない陰であることを知りながらも、そこの空気だけがシーンと沈み切っているような、永劫《えいごう》不変の閑寂がその暗がりを領しているような感銘を受ける。思うに西洋人の言う「東洋の神秘」とは、かくのごとき暗がりが持つ無気味な静かさを指すのであろう。われらといえども少年の頃は、日の目の届かぬ茶の間や書院の床の間の奥を見つめると、言い知れぬ恐れと寒けを覚えたものである。しかもその神秘の鍵はどこにあるのか。種明かしをすれば、畢竟《ひっきょう》それは陰翳の魔法であって、もし隅々に作られている陰を追い除《の》けてしまったら、忽焉《こつえん》としてその床の間はただの空白に帰するのである。われらの祖先の天才は、虚無の空間を任意に遮蔽して自《おのず》ら生ずる陰翳の世界に、いかなる壁画や装飾にも優る幽玄味を持たせたのである。これは簡単な技巧のようであって、実はなかなか容易でない。たとえば床脇の窓の刳《く》り方、落とし懸けの深さ、床框《とこがまち》[45]の高さなど、一つ一つに目に見えぬ苦心が払われていることは推察するに難くないが、分けても私は、書院の障子のしろじろとしたほの明るさには、ついその前に立ち止まって時の移るのを忘れるのである。元来書院というものは、昔はその名の示すごとくそこで書見をするためにああいう窓を設けたのが、いつしか床の間の明かり取りとなったのであろうが、多くの場合、それは明かり取りというよりも、むしろ側面から射してくる外光をいったん障子の紙で濾過《ろか》して、適当に弱める働きをしている。まことにあの障子の裏に照り映えている逆光線の明かりは、何という寒々とした、わびしい色をしていることか。庇をくぐり、廊下を通って、ようようそこまで辿り着いた庭の陽光は、もはや物を照らし出す力もなくなり、血の気も失《う》せてしまったかのように、ただ障子の紙の色を白々と際立たせているに過ぎない。私はしばしばあの障子の前に佇《たたず》んで、明るいけれども少しも眩《まば》ゆさの感じられない紙の面《おもて》

44 落とし懸け　床の間や書院窓の正面上方の小壁の下端にある横木。　45 床框　床の間の前端の化粧横木。床板《とこいた》や床畳《とこだたみ》の端を隠すもの。

を見つめるのであるが、大きな伽藍建築の座敷などでは、庭との距離が遠いためにいよいよ光線が薄められて、春夏秋冬、晴れた日も、曇った日も、朝も、昼も、夕も、ほとんどそのほのじろさに変化がない。そして[46]縦繁《たてしげ》の障子の桟の一コマごとにできている隈が、あたかも塵《ちり》が溜《た》まったように、永久に紙に沁み着いて動かないのかと訝《あや》しまれる。そういう時、私はその夢のような明るさをいぶかりながら目をしばだたく。何か目の前にもやもやとかげろうものがあって、視力を鈍らせているように感ずる。それはそのほのじろい紙の反射が、床の間の濃い闇を追い払うには力が足らず、かえって闇に弾《は》ね返されながら、明暗の区別のつかぬ昏迷《こんめい》の世界を現じつつあるからである。諸君はそういう座敷へ入った時に、その部屋にただようている光線が普通の光線とは違うような、それが特にありがた味のある重々しいもののような気持ちがしたことはないであろうか。あるいはまた、その部屋にいると時間の経過が分からなくなってしまい、知らぬ間に年月が流れて、出てきた時は白髪の老人になりはせぬかというような、「悠久」に対する一種の恐れを抱いたことはないであろうか。

○

諸君はまたそういう大きな建物の、奥の奥の部屋へ行くと、もうまったく外の光が届かなくなった暗がりの中にある金襖《きんぶすま》や金屛風が、幾間を隔てた遠い遠い庭の明かりの穂先を捉えて、ぽうっと夢のように照り返しているのを見たことはないか。その照り返しは、夕暮れの地平線のように、あたりの闇へ実に弱々しい金色の明かりを投げているのであるが、私は黄金というものがあれほど沈痛な美しさを見せる時はないと思う。そして、その前を通り過ぎながら幾度も振り返って見直すことがあるが、正面から側面のほうへ歩を移すに従って、金地の紙の表面がゆっくりと大きく底光りする。決してちらちらと忙しい瞬きをせず、巨人が顔色を変えるように、きらり、と、長い間を置いて光る。時とすると、たった今まで眠ったような鈍い反射をしていた梨地《47なしじ》の

46 縦繁　障子や格子の竪桟《たてざん》を通常より狭く組んだもの。　47 梨地　蒔絵《まきえ》の技法の一つ。金粉を蒔いた地のことで、梨の皮に似ているところからその名がついた。

金が、側面へ回ると、燃え上がるように輝いているのを発見して、こんなに暗いところでどうしてこれだけの光線を集めることができたのかと、不思議に思う。それで私には昔の人が黄金を仏の像に塗ったり、貴人の起居する部屋の四壁へ張ったりした意味が、初めて頷けるのである。現代の人は明るい家に住んでいるので、こういう黄金の美しさを知らない。が、暗い家に住んでいた昔の人は、その美しい色に魅せられたばかりでなく、かねて実用的価値をも知っていたのであろう。なぜなら光線の乏しい屋内では、あれがレフレクター[48]の役目をしたに違いないから。つまり彼らはただ贅沢に黄金の箔《はく》や砂子《すなご》[49]を使ったのではなく、あれの反射を利用して明かりを補ったのであろう。そうだとすると、銀やその他の金属はじきに光沢が褪《あ》せてしまうのに、長く輝きを失わないで室内の闇を照らす黄金というものが、異様に貴ばれたであろう理由を会得することができる。私は前に、蒔絵というものは暗いところで見てもらうように作られていることを言ったが、こうしてみると、ただに蒔絵ばかりではない、織物などでも昔のものに金銀の糸がふんだんに使ってあるのは、同じ理由に基づくことが知れる。僧侶が纏《まと》う金襴《きんらん》の袈裟《けさ》などは、その最もいい例ではないか。今日町中《まちなか》にある多くの寺院は大概本堂を大衆向きに明るくしてあるから、ああいう場所ではいたずらにケバケバしいばかりで、どんな人柄な高僧が着ていてもありがた味を感じることはめったにないが、由緒あるお寺の古式に則《のっと》った仏事に列席してみると、皺《しわ》だらけな老僧の皮膚と、仏前の灯明の明滅と、あの金襴の地質とが、いかによく調和し、いかに荘厳味を増しているかが分かるのであって、それというのも、蒔絵の場合と同じように、派手な織り模様の大部分を闇が隠してしまい、ただ金銀の糸がときどき少しずつ光るようになるからである。それから、これは私一人だけの感じであるかも知れないが、およそ日本人の皮膚に能衣装ほど映りのいいものはないと思う。言うまでもなくあの衣装にはずいぶん絢爛《けんらん》なものが多く、金銀が豊富に使ってあり、しかもそれを着て出る能役者は、歌舞伎《かぶき》俳優のようにお白粉《しろい》を塗ってはいないのであるが、日本人特有の赧《あか》みがかった褐色の肌、あるいは黄色味をふくんだ象牙色の地顔があんなに魅力を発揮する時はないのであって、私はいつも能を見にいくたびごとに感心する。金銀の織り出しや刺繡《ししゅう》のある袿《うちき》[50]の類もよく似合うが、濃い緑色や柿色の

48　レフレクター　光や音などの波を反射させる装置。反射器・反射板とも呼ばれる。［英語］reflector　49　砂子　金銀の箔を細かい粉にしたもの。蒔絵・色紙・襖紙《ふすまがみ》などの装飾に用いる。　50　袿　平安中期以後の貴族女性や女官の正装の一つで、表衣《うわぎ》の下に重ねて着た角形広袖《ひろそで》の衣服。

[51]素襖《すおう》、[52]水干、[53]狩衣《かりぎぬ》の類、白無地の[54]小袖《こそで》、[55]大口なども実によく似合う。たまたまそれが美少年の能役者だと、肌理《きめ》のこまかい、若々しい照りを持った頬の色つやなどがそのためにひとしお引き立てられて、女の肌とは自ら違った蠱惑《こわく》を含んでいるように見え、なるほど昔の大名が[56]寵童《ちょうどう》の容色に溺れたというのはここのことだなと、合点がいく。歌舞伎のほうでも時代物や[57]所作事《しょさごと》の衣装の華美なことは能楽のそれに劣らないし、性的魅力の点にかけてはこのほうが遥かに能楽以上とされているけれども、両方をたびたび見馴れてくると、事実はそれの反対であることに気が付くであろう。ちょっと見た時は歌舞伎のほうがエロティックでもあり、綺麗《きれい》でもあるのに論はないが、昔はとにかく、西洋流の照明を使うようになった今日の舞台では、あの派手な色彩がややともすると俗悪に陥り、見飽きがする。衣装もそうなら、化粧とてもそうであって、仮に美しいとしてからが、それがどこまでも作った顔であってみれば、生地の美しさのような実感が伴わない。しかるに能楽の俳優は、顔も、襟も、手も、生地のままで登場する。されば眉目のなまめかしさはその人本来のものであって、毫《ごう》もわれわれの目を欺いているのではない。ゆえに能役者の場合は女形《おやま》や二枚目の素顔に接してお座がさめたというようなことはあり得ない。ただわれわれの感じることは、われわれと同

じ色の皮膚を持った彼らが一見似合いそうにもない武家時代の派手な衣装を着けた時にいかにその容色が水際立って見えるかという一事である。かつて私は、『皇帝』[58]の能で楊貴妃《ようきひ》に扮《ふん》した金剛巌《こんごういわお》[59]氏を見たことがあったが、袖口から覗《のぞ》いているその手の美しかったことを今も忘れない。私は彼の手を見ながら、しばしば膝の上に置いた自分の手を省みた。そして彼の手がそんなにも美しく見えるのは、手頸《てくび》から指先に至る微妙な掌《てのひら》の動かし方、独特の技巧を込めた指のさばきにもよるのであろうが、それにしても、その皮膚の色の、内部からぽうっと明かりが射しているような光沢は、どこから来るのかと訝《あや》しみに打たれた。何となれば、それはどこまでも普通の日本人の手であって、現に私が膝の上についている手と、肌の色つやに何の違ったところもない。

51 **素襖** 直垂《ひたたれ》の一種。裏をつけない単《ひとえ》仕立てで、武士が常服として用いた。52 **水干** 形は狩衣と同系だが、裾を袴の下に着込む着装法、衿元《えりもと》を紐《ひも》でくくって留めることなどが狩衣と異なる。53 **狩衣** 一〇～一九世紀にかけて公家《くげ》の男子が用いた和服。武家時代には武士の礼服としても用いられ、現在は神官の装いとして残っている。
54 **小袖** 現在の和服のもととなった、袖口の小さく縫いつまっている衣服。55 **大口** 束帯《そくたい》着用の際の表袴《うえのはかま》の内側にはく袴のこと。裾口が大きく開いている。大口袴。56 **時代物** 人形浄瑠璃《じょうるり》・歌舞伎の一分類。武士・僧侶・公卿《くぎょう》などの人物を中心とした作品。57 **所作事** 歌舞伎の舞踊、舞踊劇の別称。58 **『皇帝』** 能の演目。悪鬼により病に伏した楊貴妃（唐の第六代皇帝玄宗《げんそう》の寵妃。七一九—七五六年）を、鍾馗《しょうき》の霊が退散させる。59 **金剛巌** 能楽師。一八八六—一九五一年。シテ方金剛流宗家。

私は再び三たび舞台の上の金剛氏の手と自分の手とを見比べたが、いくら見比べても同じ手である。だが不思議にも、その同じ手が舞台にあっては妖しいまでに美しく見え、自分の膝の上にあっては只《ただ》の平凡な手に見える。かくのごときことはひとり金剛巌氏の場合のみではない。能においては、衣装の外へ現れる肉体はほんの僅かな部分であって、顔と、襟くびと、手頸から指の先までに過ぎず、楊貴妃のように面《おもて》を付けている時は顔さえ隠れてしまうのであるが、それでいてその僅かな部分の色つやが異様に印象的になる。金剛氏は特にそうであったけれども、大概の役者の手が、何の奇もない当たりまえの日本人の手が、現代の服装をしていては気が付かれない魅惑を発揮してわれわれに驚異の目を見張らせる。繰り返して言うが、それは決して美少年や美男子の役者に限るのではない。たとえば、日常われわれは普通の男子の唇に惹き付けられることなどはあり得ないが、能の舞台では、あの黝《くろ》ずんだ赤みと、しめり気を持った肌が、口紅をさした婦人のそれ以上に肉感的なねばっこさを帯びる。これは役者が謡《うた》いをうたうために始終唇を唾液で濡《ぬ》らすゆえでもあろうが、しかしそのせいばかりとは思えない。また[60]子方《こかた》の俳優の頬が紅潮を呈しているのが、その赤さが、実に鮮やかに引き立って見える。私の経験では緑系統の地色の衣装を着けた時に最も多くそう見えるので、色の白い子方ならもちろんであるが、実を言うと色の黒い子方のほうが、かえってその赤味の特色が目立つ。それはなぜかというと、色白な児《こ》では白と赤との対照があまり刻明である結果、能衣装の暗く沈んだ色調には少し効果が強過ぎるが、色の黒い児の暗褐色の頰であると、赤がそれほど際立たないで、衣装と顔とが互いに照りはえる。渋い緑と、渋い茶と、二つの間色が映り合って、黄色人種の肌がいかにもその所を得、今さらのように人目を惹く。私は色の調和が作り出すかくのごとき美が他にあるを知らないが、もし能楽が歌舞伎のように近代の照明を用いたとしたら、それらの美感は悉《ことごと》くどぎつい光線のために飛び散ってしまうであろう。さればその舞台を昔ながらの暗さに任してあるのは、必然の約束に従っているわけであって、建物なども古ければ古いほどいい。床が自然のつやを帯びて柱や鏡板などが黒光りに光り、梁《はり》から軒先の闇が大きな吊《つ》り鐘を伏せたように役者の頭上へ蔽《おお》いかぶさっている舞台、そういう場所が最も適しているのであって、その点からいえば近頃能楽が朝[61]日会館や公会堂へ進出するのは、結構なことに違いないけれども、そのほんとうの持

60　子方　能において子供の演じる役。　61　朝日会館　朝日ホール。東京都千代田《ちよだ》区にある多目的ホール。

ち味は半分以上失われていると思われる。

○

ところで、能に付き纏うそういう暗さと、そこから生ずる美しさとは、今日でこそ舞台の上でしか見られない特殊な陰翳の世界であるが、昔はあれがさほど実生活とかけ離れたものではなかったであろう。何となれば、能舞台における暗さはすなわち当時の住宅建築の暗さであり、また能衣装の柄や色合いは、多少実際より花やかであったとしても、大体において当時の貴族や大名の着ていたものと同じであったろうから。私は一たびそのことに考え及ぶと、昔の日本人が、ことに戦国や桃山時代の豪華な服装をした武士などが、今日のわれわれに比べてどんなに美しく見えたであろうかと想像して、ただその思いに恍惚《こうこつ》となるのである。まことに能は、われわれ同胞の男性の美を最高潮の形において示しているので、その昔戦場往来の古武士が、風雨に曝された、[62]顴骨《けんこつ》の飛び出た、真っ黒な[63]赭顔《しやがん》にああいう地色や光沢の素襖[64]や大紋や[65]裃《かみしも》を着けていた姿は、いかに凛々《りり》しくも厳かであっただろうか。けだし能を見て楽しむ人は、皆いくらかずつかくのごとき連想に浸ることを楽しむのであって、舞台の上の色彩の世界がかつてはその通りに実在していたと思うところに、演技以外の懐古趣味がある。これに反して歌舞伎の舞台はどこまでも虚偽の世界であって、われわれの生地の美しさとは関係がない。男性美は言うまでもないが、女性美とても、昔の女が今のあの舞台で見るようなものであったろうとは考えられない。能楽においても女の役は面《おもて》を付けるので実際には遠いものであるが、さればとて歌舞伎劇の女形《おやま》を見ても実感は湧かない。これはひとえに歌舞伎の舞台が明る過ぎるせいであって、近代的照明の設備のなかった時代、蠟燭やカンテラでわずかに照らしていた時代の歌舞伎劇は、その時分の女形は、あるいはもう少し実際に近かったのではないであろうか。それにつけても、近代の歌舞伎劇に昔のような女らしい女形が現れないと言われるのは、必ずしも俳優の素質や容貌のためではあるまい。昔の女形でも今日のような明煌々《こうこう》たる舞台に立たせれば、男性的なトゲトゲしい線が目立つに違いないのが、昔は暗さがそれを適当に

62 顴骨　頬骨。63 赭顔　赤みがかった顔。赤ら顔。64 大紋　武家の男子服の一種。大紋の直垂《ひたたれ》の略称。直垂に大きく紋所をつけたことによる。65 裃　上衣の肩衣《かたぎぬ》と下衣の袴《はかま》が共布でできている衣服。

蔽い隠してくれたのではないか。私は晩年の[66]梅幸《ばいこう》の[67]お軽を見て、このことを痛切に感じた。そして歌舞伎劇の美を滅ぼすものは、無用に過剰なる照明にあると思った。大阪の通人に聞いた話に、[68]文楽の人形浄瑠璃《じょうるり》では明治になってからも久しくランプを使っていたものだが、その時分のほうが今より遥かに余情に富んでいたという。私は現在でも歌舞伎の女形よりはあの人形のほうに余計実感を覚えるのであるが、なるほどあれが薄暗いランプで照らされていたならば、人形に特有な固い線も消え、てらてらした胡粉《ごふん》のつやもぼかされて、どんなにか柔らかみがあったであろうと、その頃の舞台の凄《すご》いような美しさを空想して、そぞろに寒気を催すのである。

○

知っての通り文楽の芝居では、女の人形は顔と手の先だけしかない。胴や足の先は裾の長い衣装の裡《うち》に包まれているので、人形使いが自分たちの手を内部に入れて動きを示せば足りるのであるが、私はこれが最も実際に近いのであって、昔の女というものは襟から上と袖口《そでぐち》から先だけの存在であり、他は悉く闇に隠れていたものだと思う。

当時にあっては、中流階級以上の女はめったに外出することもなく、しても乗り物の奥深く潜んで街頭に姿を曝さないようにしていたとすれば、大概はあの暗い家屋敷の一間に垂れ籠《こ》めて、昼も夜も、ただ闇の中に五体を埋めつつその顔だけで存在を示していたといえる。されば衣装なども、男のほうが現代に比べて派手な割合に、女のほうはそれほどでない。旧幕時代の町家の娘や女房のものなどは驚くほど地味であるが、それは要するに、衣装というものは闇の一部分、闇と顔とのつながりに過ぎなかったからである。[69]鉄漿《おはぐろ》などという化粧法が行われたのも、その目的を考えると、顔以外の空隙へ悉く闇を詰めてしまおうとして、口腔へまで暗黒を含ませたのではないであろうか。今日かくのごとき婦人の美は、[70]島原の角屋《すみや》のような特殊なところへ行かない限り、実際には見ることができない。しかし私は幼い時分、日本橋の家の奥でかすかな庭の明かりをたよりに針仕事をしていた母の俤《おもかげ》を考えると、昔の女がどういうふうな

66 梅幸　七代目尾上梅幸。歌舞伎役者。一九一五―九五年。屋号は音羽屋。67 お軽　浄瑠璃・歌舞伎「仮名手本忠臣蔵」の登場人物。塩冶《えんや》判官の腰元で、早野勘平の妻。夫のために祇園《ぎおん》の遊女となる。68 文楽の人形浄瑠璃　江戸時代に大坂で生まれた人形芝居。太夫《たゆう》と三味線が浄瑠璃を義太夫《ぎだゆう》節で語り、三人の人形遣いが人形を操る、三位一体となった音楽劇。69 鉄漿　歯を黒く染める習俗。お歯黒。70 島原の角屋　京都の島原花街（現在の京都市下京区）で営業していた揚屋《あげや》（料亭・饗宴施設）。

ものであったか、少しは想像できるのである。あの時分、というのは明治二十年代のことだが、あの頃までは東京の町家も皆薄暗い建て方で、私の母や伯母や親戚の誰彼など、あの年配の女たちは大概鉄漿を付けていた。着物は不断着は覚えていないが、余所《よそ》行きの時は鼠地《ねずみじ》の細かい小紋をしばしば着た。母は至ってせいが低く、71五尺に足らぬほどであったが、母ばかりでなくあの頃の女はそのくらいが普通だったのであろう。いや、極端に言えば、彼女たちにはほとんど肉体がなかったのだと言っていい。私は母の顔と手の外、足だけはぼんやり覚えているが、胴体については記憶がない。それで想い起こすのは、あの72中宮寺の観世音の胴体であるが、あれこそ昔の日本の女の典型的な裸体像ではないのか。あの、紙のように薄い乳房の付いた、板のような平べったい胸、その胸よりもいっそう小さくくびれている腹、何の凹凸もない、まっすぐな背筋と腰と臀の線、そういう胴の全体が顔や手足に比べると不釣り合いに痩せ細っていて、厚みがなく、肉体というよりもずんどうの棒のような感じがするが、昔の女の胴体は押しなべてああいうふうではなかったのであろうか。今日でもああいう格好の胴体を持った女が、旧弊な家庭の老夫人とか、芸者などの中に時々いる。そして私はあれを見ると、人形の心棒を思い出すのである。事実、あの胴体は衣装を着けるための棒であって、それ以外の何物でもない。胴体のスタッフ[73]を成しているものは、幾襲《かさ》ねとなく巻き付いている衣と綿とであって、衣装を剝げば人形と同じように不格好な心棒が残る。が、昔はあれでよかったのだ、闇の中に住む彼女たちにとっては、ほのじろい顔一つあれば、胴体は必要がなかったのだ。思うに明朗な近代女性の肉体美を謳歌《おうか》する者には、そういう女の幽鬼じみた美しさを考えることは困難であろう。またある者は、暗い光線でごまかした美しさは、真の美しさでないと言うであろう。けれども前にも述べたように、われわれ東洋人は何でもないところに陰翳を生ぜしめて、美を創造するのである。「掻き寄せて結べば柴《しば》の庵《いおり》なり解くればもとの野原なりけり」という古歌があるが、われわれの思索のしかたはとかくそういうふうであって、美は物体にあるのではなく、物体と物体との作り出す陰翳のあや、明暗にあると考える。夜光の珠《たま》も暗中に置けば光彩を放つが、白日の下に曝せば宝石の魅力を失うごとく、陰翳の作用を離れて美はないと思う。つまりわれわれの祖先は、女というものを

71 尺　長さの単位。一尺は、約三〇センチメートル。72 中宮寺の観世音　「中宮寺」は、奈良県生駒《いこま》郡斑鳩《いかるが》町にある聖徳太子ゆかりの寺院。「観世音」は国宝菩薩半跏《ぼさつはんか》像で、その金堂の本尊。73 スタッフ　材料。［英語］stuff

蒔絵や螺鈿《らでん》の器と同じく、闇とは切っても切れないものとして、できるだけ全体を陰へ沈めてしまうようにし、長い袂《たもと》や長い裳《も》裾《すそ》で手足を隈の中に包み、ある一カ所、首だけを際立たせるようにしたのである。なるほど、あの均斉を欠いた平べったい胴体は、西洋婦人のそれに比べれば醜いであろう。しかしわれわれは見えないものを考えるには及ばぬ。見えないものはないものであるとする。強いてその醜さを見ようとする者は、茶室の床の間へ百燭光《ひゃくしょっこう》[74]の電灯を向けるのと同じく、そこにある美を自《みずか》ら追い遣《や》ってしまうのである。

○

だが、いったいこういうふうに暗がりの中に美を求める傾向が、東洋人にのみ強いのはなぜであろうか。西洋にも電気やガスや石油のなかった時代があったのであろうが、寡聞な私は、彼らに陰を喜ぶ性癖があることを知らない。昔から日本のお化けは脚がないが、西洋のお化けは脚がある代わりに全身が透きとおっているという。そんな些細な一事でも分かるように、われわれの空想には常に漆黒の闇があるが、彼らは幽霊をさえガラスのように明るくする。その他日用のあらゆる工芸品において、われわれの好む色が闇の堆積したものなら、彼らの好むのは太陽光線の重なり合った色である。銀器や銅器でも、われらは錆《さび》の生ずるのを愛するが、彼らはそういうものを不潔であり非衛生的であるとして、ピカピカに磨き立てる。部屋の中もなるべく隈を作らないように、天井や周囲の壁を白っぽくする。庭を造るにも我らが木深い植え込みを設ければ、彼らは平らな芝生をひろげる。かくのごとき嗜好の相違は何によって生じたのであろうか。案ずるにわれわれ東洋人は己の置かれた境遇の中に満足を求め、現状に甘んじようとするふうがあるので、暗いということに不平を感ぜず、それは仕方のないものとあきらめてしまい、光線が乏しいなら乏しいなりに、かえってその闇に沈潜し、その中に自《おのずか》らなる美を発見する。しかるに進取的な西洋人は、常によりよき状態を願ってやまない。蠟燭からランプに、ランプからガス灯に、ガス灯から電灯にと、絶えず明るさを求めていき、僅かな陰をも払い除けようと苦心をする。おそらくそういう気質の相違もあるのであろうが、しかし私は、皮膚の色の違いということ

74 百燭光　「燭」は光度の単位で、ろうそく一本分の光度に由来する。

も考えてみたい。われわれとても昔から肌が黒いよりは白いほうを貴いとし、美しいともしたことだけれども、それでも白皙《はくせき》人種の白さとわれわれの白さとはどこか違う。一人一人に接近してみれば、西洋人より白い日本人があり、日本人より黒い西洋人があるようだけれども、その白さや黒さの具合が違う。これは私の経験から言うのであるが、以前横浜[75]の山手に住んでいて、日夕居留地の外人らと行楽を共にし、彼らの出入する宴会場や舞踏場へ遊びにいっていた時分、傍らで見ると彼らの白さをそう白いとは感じなかったが、遠くから見ると、彼らと日本人との差別が、実にはっきり分かるのであった。日本人でも彼らに劣らない夜会服を着け、彼らより白い皮膚を持ったレディーがいるが、しかしそういう婦人が一人でも彼らの中に交じると、遠くから見渡した時にすぐ見分けがつく。というのは、日本人のはどんなに白くとも、白い中に微かな翳りがある。そのくせそういう女たちは西洋人に負けないように、背中から二の腕から腋《わき》の下まで、露出している肉体のあらゆる部分へ濃い白粉《おしろい》を塗っているのだが、それでいて、やっぱりその皮膚の底に澱んでいる暗色を消すことができない。ちょうど清冽《せいれつ》な水の底にある汚物が、高いところから見下ろすとよく分かるように、それが分かる。ことに指の股《また》だとか、小鼻の周囲だとか、襟頸《えりくび》だとか、背筋だとかに、どす黒い、埃《ほこり》の溜《た》まったような隈ができる。ところが西洋人のほうは、表面が濁っているようでも底が明るく透きとおっていて、体じゅうのどこにもそういう薄汚い陰がささない。頭の先から指の先まで、交じり気がなく冴《さ》え冴《ざ》えと白い。だから彼らの集会の中へわれわれの一人が入り込むと、白紙に一点薄墨のしみができたようで、われわれが見てもその一人が目障りのように思われ、あまりいい気持ちがしないのである。こうしてみると、かつて白皙人種が有色人種を排斥した心理が頷けるのであって、白人中でも神経質な人間には、社交場裡《り》にできる一点のしみ、一人か二人の有色人さえが、気にならずにはいなかったのであろう。そういえば、今日ではどうか知らないが、昔黒人に対する迫害が最も激しかった南北戦争[76]の時代には、彼らの憎しみと蔑みは単に黒人のみならず、黒人と白人との混血児、混血児同士の混血児、混血児と白人との混血児等々にまで及んだという。彼らは二分の一混血児、四分の一混血児、八分の一、十六分の一、三十二分の一混血児というふうに、僅かな黒人の血の痕跡をどこまでも

75 横浜の山手　神奈川県横浜市中区。山手町とその外縁部を含む一帯に、幕末から一八九九年まで外国人居留地があった。76 南北戦争　一八六一―六五年に行われた、アメリカ合衆国と連邦から脱退した南部一一州との戦争。

追及して迫害しなければやまなかった。一見純粋の白人と異なるところのない、二代も三代も前の先祖に一人の黒人を有するに過ぎない混血児に対しても、彼らの執拗《しつよう》な目は、ほんの少しばかりの色素がその真っ白な肌の中に潜んでいるのを見逃さなかった。で、かくのごときことを考えるにつけても、いかにわれわれ黄色人種が陰翳というものと深い関係にあるかが知れる。誰しも好んで自分たちを醜悪な状態に置きたがらないものである以上、われわれが衣食住の用品に曇った色の物を使い、暗い雰囲気の中に自分たちを沈めようとするのは当然であって、われわれの先祖は彼らの皮膚に翳りがあることを自覚していたわけでもなく、彼らより白い人種が存在することを知っていたのではないけれども、色に対する彼らの感覚が自然とあいう嗜好を生んだものと見る外はない。

○

われわれの先祖は、明るい大地の上下四方を仕切ってまず陰翳の世界を作り、その闇の奥に女人を籠もらせて、それをこの世で一番色の白い人間と思い込んでいたのであろう。肌の白さが最高の女性美に欠くべからざる条件であるなら、われわれとしてはそうするより仕方がないのだし、それで差し支えないわけである。白人の髪が明色であるのにわれわれの髪が暗色であるのは、自然がわれわれに闇の理法を教えているのだが、古人は無意識のうちに、その理法に従って黄色い顔を白く浮き立たせた。私はさっき鉄漿《おはぐろ》のことを書いたが、昔の女が眉毛を剃《そ》り落としたのも、やはり顔を際立たせる手段ではなかったのか。そして私が何よりも感心するのは、あの玉虫色に光る青い口紅である。もう今日では祇園《ぎおん》[77]の芸妓《げいぎ》などでさえほとんどあれを使わなくなったが、あの紅こそはほのぐらい蠟燭のはためきを想像しなければ、その魅力を解し得ない。古人は女の紅い唇をわざと青黒く塗りつぶして、それに螺鈿を鏤《ちりば》めたのだ。豊艶な顔から一切の血の気を奪ったのだ。私は、蘭灯《らんとう》[78]のゆらめく陰で若い女があの鬼火のような青い唇の間からときどき黒漆色の歯を光らせてほほ笑んでいるさまを思うと、それ以上の白い顔を考えることができない。少なくとも私が脳裡に描く幻影の世界で

77 **祇園の芸妓**「祇園」は、京都市東山区の八坂《やさか》神社を中心とする一帯。近世初期以来の花街。「芸妓」は、歌舞や音曲などで、酒宴の座に興を添えることを業とする女性。芸者。78 **蘭灯** 美しい灯籠。美しいともしび。

は、どんな白人の女の白さよりも白い。白人の白さは、透明な、分かり切った、ありふれた白さだが、それは一種人間離れのした白さだ。あるいはそういう白さは、実際には存在しないかも知れない。それはただ光と闇が醸し出す悪戯《いたずら》であって、その場限りのものかも知れない。だがわれわれはそれでいい。それ以上を望むには及ばぬ。ここで私は、そういう顔の白さを想う半面に、それを取り囲む闇の色について話したいのだが、もう数年前、いつぞや東京の客を案内して島原の角屋で遊んだ折に、一度忘れられないある闇を見た覚えがある。何でもそれは、後に火事で焼け失せた「松の間」とかいう広い座敷であったが、僅かな燭台の灯で照らされた広間の暗さは、小座敷の暗さと濃さが違う。ちょうど私がその部屋へ入っていった時、眉を落として鉄漿《おはぐろ》を付けている年増《としま》の仲居が、大きな衝い立ての前に燭台を据えて畏《かしこ》まっていたが、畳二畳ばかりの明るい世界を限っているその衝い立ての後方には、天井から落ちかかりそうな、高い、濃い、ただ一色《ひといろ》の闇が垂れていて、おぼつかない蠟燭の灯がその厚みを穿《うが》つことができずに、黒い壁に行き当ったように撥ね返されているのであった。諸君はこういう「灯に照らされた闇」の色を見たことがあるか。それは夜道の闇などとはどこか違った物質であって、たとえば一粒一粒が虹色《にじいろ》のかがやきを持った、細かい灰に似た微粒子が充満しているもののように見えた。私はそれが目の中へ入り込みはしないかと思って、覚えず眼瞼《まぶた》をしばだたいた。今日では一般に座敷の面積を狭くすることがはやり、十畳・八畳・六畳というような小間を建てるので、仮に蠟燭を点じてもかかる闇の色は見られないが、昔の御殿や妓楼《ぎろう》などでは、天井を高く、廊下を広く取り、何十畳敷きという大きな部屋を仕切るのが普通であったとすると、その屋内にはいつもこういう闇が[79]狭霧《さぎり》のごとく立ち込めていたのであろう。そしてやんごとない[80]上臈《じょうろう》たちは、その闇の灰汁《あく》にどっぷり漬かっていたのであろう。かつて私は[81]『倚《い》松庵《しょうあん》随筆』の中でもそのことを書いたが、現代の人は久しく電灯の明かりに馴れて、こういう闇のあったことを忘れているのである。分けても屋内の「目に見える闇」は、何かチラチラとかげろうものがあるような気がして、幻覚を起こし易いので、ある場合には屋外の闇よりも凄味がある。魑魅《ちみ》とか妖怪変化とかの跳躍するのはけだしこういう闇であろうが、その中に深い帳《とばり》を垂れ、屛風や襖を幾重にも囲って住んでいた女

79 **狭霧**　霧。「狭」は接頭語。　80 **上臈**　身分の高い男子や女子、地位の高い女官や御殿女中などをいう。　81 **『倚松庵随筆』**　一九三二年刊。

というのも、やはりその魑魅の眷属《けんぞく》ではなかったか。闇は定めしその女たちを十重二十重に取り巻いて、襟や、袖口や、裾の合わせ目や、至るところの空隙を埋めていたであろう。いや、ことによると、逆に彼女たちの体から、その歯を染めた口の中や黒髪の先から、土蜘蛛《つちぐも》の吐く蜘蛛[82]のいのごとく吐き出されていたのかも知れない。

○

先年、武林無想庵《たけばやしむそうあん》[83]がパリから帰ってきての話に、欧州の都市に比べると東京や大阪の夜は格段に明るい。パリなどではシャンゼリゼエ[84]の真ん中でもランプを灯《とも》す家があるのに、日本ではよほど辺鄙な山奥へでも行かなければそんな家は一軒もない。おそらく世界じゅうで電灯を贅沢に使っている国は、アメリカと日本であろう。日本は何でもアメリカの真似をしたがる国だということであった。無想庵の話は今から四、五年も前、まだネオンサインなどのはやり出さない頃であったから、今度彼が帰ってきたらいよいよ明るくなっているのにさぞかしびっくりするであろう。それからこれは「改造」[85]の山本社長に聞いた話だが、かつて社長がアインシュタイン[86]博士を上方へ案内する途中汽車で[87]石山のあたりを通ると、窓外の景色を眺めていた博士が、「ああ、あそこにたいそう不経済なものがある。」と言うので訳を聞くと、そこらの電信柱か何かに白昼電灯のともっているのを指さしたという。「アインシュタインはユダヤ人ですからそういうことが細かいんでしょうね。」と、山本氏は注釈を入れたが、アメリカはとにかく、欧州に比べると日本のほうが電灯を惜し気もなく使っていることは事実であるらしい。石山といえばもう一つおかしなことがあるのだが、今年の秋の月見にどこがよかろうここがよかろうと首をひねった揚げ句、結局石山寺へ出かけることに決めていると、十五夜の前日の新聞に石山寺では明晩観月の客の興を添えるため林間に拡声器を取り付け、[88]ムーンライトソナタのレコードを聴かせるという記事が出

82 蜘蛛のい　蜘蛛の糸。「い」は網。83 武林無想庵　明治から昭和期の小説家、翻訳家。一八八〇―一九六二年。パリフランスに渡り、ゾラの小説の翻訳などに携わった。84 シャンゼリゼエ　パリ市内の北西部にある大通り。パリ市内で最も美しい通りとされている。［フランス語］Champs-Elysées 85「改造」改造社刊行の月刊総合雑誌。一九一九―五五年。山本実彦《さねひこ》（一八八五―一九五二年）が創刊し、社会主義思想家に多く寄稿を求めた。86 アインシュタイン Albert Einstein 一八七九―一九五五年。ユダヤ系ドイツ人の理論物理学者。一般相対性理論などにより、一九二一年にノーベル物理学賞を受賞。87 石山　滋賀《しが》県大津市の地名。石山寺がある。石山寺は、真言宗御室《おむろ》派の寺院。88 ムーンライトソナタ　ベートーヴェンのピアノソナタ第一四番。「月光」。

ている。私はそれを読んで急に石山行きを止《や》め[89]てしまった。拡声器も困り物だが、そういうふうではきっとあの山の方々に電灯やイルミネーションを飾り、賑々《にぎにぎ》しく景気を付けてはいないかと思ったからである。前にも私はそれで月見をフイにした覚えがあるのは、ある年の十五夜に[90]須磨寺《すまでら》の池へ舟を浮かべてみようと思い、同勢を集め重詰めを持ち寄って繰り出してみると、あの池のぐるりを五色の電飾が花やかに取り巻いていて、月はあれどもなきがごとくなのであった。それやこれやを考えると、どうも近頃のわれわれは電灯に麻痺して、照明の過剰から起こる不便ということに対しては案外無感覚になっているらしい。お月見の場合なんかはまあどちらでもいいけれども、待合、料理屋、旅館、ホテルなどが、一体に電灯を浪費し過ぎる。それも客寄せのために幾らか必要であろうけれども、夏など、まだ明るいうちから点灯するのは無駄である以上に暑くもある。私は夏はどこへ行ってもこれで弱らせられる。外が涼しいのに座敷の中が馬鹿に暑いのは、ほとんど十が十まで電力が強過ぎるか電球が多過ぎるかのせいであって、試しに一部分を消してみると俄《にわ》かにすうっとするのだが、客も主人もいっこうそれに気が付かないのが不思議でならない。元来室内の灯し火は、冬は幾らか明るくし、夏は幾らか暗くすべきである。そのほうが冷涼の気を催すし、第一虫が飛んでこない。しかるに余計に電灯をつけ、それで暑いからといって扇風器を回すのは、考えただけでも煩わしい。もっとも日本座敷だと熱が傍《そば》から散っていくのでまだ我慢ができるけれども、ホテルの洋室では風通しが悪い上に、床、壁、天井などが熱を吸い取って四方から反射するので、実にたまらない。例を挙げるのは少し気の毒だが、京都の都ホテル[91]のロビーへ夏の晩に行ったことのある人は、私のこの説に同感してくれないであろうか。そこは北向きの高台に拠《よ》っていて、比叡山《ひえいざん》[92]や如意ヶ《にょいが》岳《たけ》[93]や黒谷《くろだに》[94]の塔や森や東山一帯の翠巒《すいらん》を一眸《いちぼう》のうちに集め、見るからすがすがしい気持ちのする眺めであるが、それだけになお惜しい。夏のゆうがた、せっかく山紫水明に対して爽快の気分に浸ろうと思い、楼に満つる涼風を慕って出かけてみると、白い天井のここかしこに大きな乳白ガラスの蓋が嵌め込んであって、ドギツイ明かりが中でかっかっと燃えている。それが、近頃の洋館は天井が低いので、すぐ頭の上に火の玉

89 **イルミネーション** 色とりどりの電灯をつけて飾ること。電飾。［英語］illumination 90 **須磨寺** 神戸市須磨区にある真言宗須磨寺派大本山。福祥寺《ふくしょうじ》の通称。91 **都ホテル** 京都市東山区にある、現在のウェスティン都ホテル京都。一八九〇年創業。92 **比叡山** 京都市と滋賀県大津市との境にある山。93 **如意ヶ岳** 京都市の東山にある山。94 **黒谷** 京都市左京区の比叡山西塔の北谷。本黒谷。

がくるめいているようで、暑いことといったらない、体のうちでも天井に近いところほど暑く、頭から襟頸《えりくび》から背筋へかけて炙《あぶ》られるように感じる。しかもその火の玉が一つあったらあれだけの広さを照らすには十分なくらいであるのに、そういうやつが三つも四つも天井に光っていて、その外にも小さなやつが壁に沿い柱に沿うて幾つとなく取り付けてあるのだが、そんなのはただ隅々にできる隈を消している以外に、何の役にも立っていない。だから室内に陰というものが一つもなく、見渡したところ、白い壁と、赤い太い柱と、派手な色をモザイクのように組み合わせた床が、刷りたての石版画のように目に沁み込んで、これがまた相当に暑苦しい。廊下からそこへ入ってくると、温度の違いが際立って分かる。あれではたとい涼しい夜気が流れ込んできても、すぐ熱い風に変わってしまうから何にもなるまい。あそこは以前たびたび泊まりにいったことのあるホテルで、なつかしく思うところから親切気で忠告するのだが、実際ああいう形勝な眺望、最適な夏の涼み場所を、電灯で打ち壊しているのはもったいない。日本人にはもちろんのこと、いくら西洋人が明るみを好むからといって、あの暑さには閉口するに違いなかろうが、何より彼より、一遍明かりを減らしてみたら覿面《てきめん》に了解するであろう。だがこれなどは一例を挙げたまでであって、あのホテルに限ったことではない。間接照明を使っている帝国ホテル[95]だけはまず無難だが、夏はあれをもう少し暗くしてもよかりそうに思う。何にしても今日の室内の照明は、書を読むとか、字を書くとか、針を運ぶとかいうことはもはや問題でなく、もっぱら四隅の陰を消すことに費されるようになったが、その考えは少なくとも日本家屋の美の観念とは両立しない。個人の住宅では経済の上から電力を節約するので、かえって巧くいっているけれども、客商売の家になると、廊下、階段、玄関、庭園、表門などに、どうしても明かりが多過ぎる結果になり、座敷や泉石の底を浅くしてしまっている。冬はそのほうが暖かで助かることもあるが、夏の晩はどんな幽邃《ゆうすい》な避暑地へ逃れても、先が旅館である限り大概都ホテルと同じような悲哀にぶつかる。だから私は、自分の家で四方の雨戸を開け放って、真っ暗な中に蚊帳を吊ってころがっているのが涼を納《い》れる最上の法だと心得ている。

95　帝国ホテル　東京都千代田区にある日本の代表的ホテル。一八九〇年創業。

この間何かの雑誌か新聞でイギリスのお婆《ばあ》さんたちが愚痴をこぼしている記事を読んだら、自分たちが若い時分には年寄りを大切にして労《いた》わってやったのに、今の娘たちはいっこうわれわれを構ってくれない、老人というと薄汚いもののように思って傍《そば》へも寄りつかない、昔と今とは若い者の気風が大変違ったと嘆いているので、どこの国でも老人は同じようなことを言うものだと感心したが、人間は年を取るに従い、何事によらず今よりは昔のほうがよかったと思い込むものであるらしい。で、百年前の老人は二百年前の時代を慕い、二百年前の老人は三百年前の時代を慕い、いつの時代にも現状に満足することはないわけだが、別して最近は文化の歩みが急激である上に、我が国はまた特殊な事情があるので、維新以来の変遷はそれ以前の三百年五百年にも当たるであろう。などという私が、やはり老人の口真似《くちまね》をする年配になったのがおかしいが、しかし現代の文化設備がもっぱら若い者に媚《こ》びてだんだん老人に不親切な時代を作りつつあることは確かなように思われる。早い話が、街頭の十字路を号令で横切るようになっては、もう老人は安心して町へ出ることができない。自動車で乗り回せる身分の者はいいけれども、私などでも、たまに大阪へ出ると、こちら側から向こう側へ渡るのに渾身の神経を緊張させる。ゴーストップの信号にしてからが、辻《つじ》の真ん中にあるのは見よいが、思いがけない横っちょの空に青や赤の電灯が明滅するのは、なかなかに見つけ出しにくいし、広い辻だと、側面の信号を正面の信号と見違えたりする。京都に交通巡査が立つようになってはもうおしまいだとつくづくそう思ったことがあったが、今日純日本風の町の情趣は、[96]西宮《にしのみや》、[97]堺《さかい》、[98]和歌山、[99]福山、あの程度の都市へ行かなければ味わわれない。食べる物でも、大都会では老人の口に合うようなものを捜し出すのに骨が折れる。先だっても新聞記者が来て何か変わった旨《うま》い料理の話をしろというから、[100]吉野《よしの》の山間僻地《へきち》の人が食べる柿の葉鮨《ずし》というものの製法を語った。ついでにここで披露しておくが、米一[101]升に付き酒一合の割で飯を焚《た》く。酒は釜が噴いてきた時に入れる。さて飯がムレたら完全に冷えるまで冷ました後に手に塩をつけて

96 西宮 兵庫県西宮市。97 堺 大阪府堺市。98 和歌山 和歌山県和歌山市。99 福山 広島県福山市。100 吉野 現在の奈良県南部一帯の地名。山岳地帯で、狩りに適した「良い野」という意味といわれる。101 升 容量の単位。一升は、約一・八リットル。

固く握る。この際手に少しでも水気があってはいけない。塩ばかりで握るのが秘訣《ひけつ》だ。それから別に鮭《さけ》のアラマキを薄く切り、それを飯の上に載せて、その上から柿の葉の表を内側にして包む。柿の葉も鮭もあらかじめ乾いたふきんで十分に水気を拭《ふ》き取っておく。それができたら、鮨桶《すしおけ》でも飯櫃《めしびつ》でもいい、中をカラカラに乾かしておいて、小口から隙間のないように鮨を詰め、押し蓋を置いて漬物石ぐらいな重石《おもし》を載せる。今夜漬けたら翌朝あたりから食べることができ、その日一日が最も美味で、二、三日は食べられる。食べる時にちょっと[102]蓼《たで》の葉で酢《す》を振りかけるのである。吉野へ遊びにいった友人があまり旨いので作り方を教わってきて伝授してくれたのだが、柿の木とアラマキさえあればどこでも拵《こしら》えられる。水気を絶対になくすることと飯を完全に冷ますことさえ忘れなければいいので、試しに家で作ってみると、なるほどうまい。鮭の脂と塩気とがいい塩梅《あんばい》に飯に滲み込んで、鮭はかえって生身《なまみ》のように柔らかくなっている具合が何ともいえない。東京の握り鮨とは別格な味で、私などにはこのほうが口に合うので、今年の夏はこればかり食べて暮らした。それにつけてもこんな塩鮭の食べかたもあったのかと、物資に乏しい山家の人の発明に感心したが、そういういろいろの郷土の料理を聞いてみると、現代では都会の人より田舎の人の味覚のほうがよっぽど確かで、ある意味でわれわれの想像も及ばぬ贅沢をしている。そこで老人は追い追い都会に見切りをつけて田舎へ隠棲《いんせい》するのもあるが、田舎の町も[103]鈴蘭灯《すずらんとう》などが取り付けられて、年々京都のようになるので、そう安心しているわけにはいかない。今に文明が一段と進んだら、交通機関は空中や地下へ移って町の路面は一昔前の静かさに復《かえ》るという説もあるが、いずれその時分にはまた新しい老人いじめの設備が生まれることは分かりきっている。結局年寄りは引っ込んでいろということになるので、自分の家にちぢこまって手料理を肴《さかな》に晩酌を傾けながら、ラジオでも聞いているより外に所在がなくなる。老人ばかりがこんな叱言《こごと》を言うのかと思うと、満更そうでもないとみえて、頃来《けいらい》[104]大阪朝日の天声人語子は、府の役人が[105]箕面《みのお》公園にドライヴウェーを作ろうとして濫《みだ》りに森林を伐《き》り開き、山を浅くしてしまうのを嗤《わら》っているが、あれを読んで私はいささか意を強うした。奥深い山中の木の下闇をさえ奪ってしまうのは、あ

102 **蓼の葉**　「蓼」はタデ科の草本で、日本の伝統的なハーブの一種。「蓼の葉」をすりつぶし、酢とだしをまぜたものを蓼酢という。 103 **鈴蘭灯**　鈴蘭の花をかたどった装飾灯。街灯などに用いる。 104 **大阪朝日の天声人語**　「大阪朝日」は、朝日新聞大阪本社。「天声人語」は、朝日新聞の朝刊に長期連載中の一面コラム。一九〇四年以降、現在まで続いている。 105 **箕面公園**　大阪府箕面市の箕面山周辺に位置する国定公園。

まりといえば心なき業である。この調子だと、奈良でも、京都・大阪の郊外でも、名所という名所は大衆的になる代わりに、だんだんそういうふうにして丸坊主にされるのであろう。が、要するにこれも愚痴の一種で、私にしても今の時勢のありがたいことは万々承知しているし、今さら何と言ったところで、すでに日本が西洋文化の線に沿うて歩み出した以上、老人などは置き去りにして勇往邁進《まいしん》するより外に仕方がないが、でもわれわれの皮膚の色が変わらない限り、われわれにだけ課せられた損は永久に背負っていくものと覚悟しなければならぬ。もっとも私がこういうことを書いた趣意は、何らかの方面、たとえば文学芸術等にその損を補う道が残されていはしまいかと思うからである。私は、われわれがすでに失いつつある陰翳の世界を、せめて文学の領域へでも呼び返してみたい。文学という殿堂の檐《のき》を深くし、壁を暗くし、見え過ぎるものを闇に押し込め、無用の室内装飾を剝ぎ取ってみたい。それも軒並みとは言わない、一軒ぐらいそういう家があってもよかろう。まあどういう具合になるか、試しに電灯を消してみることだ。

刺《し》青《せい》

発表——一九一〇（明治四三）年
高校国語副読本初出——一九八八（昭和六三）年
筑摩書房『近代の文章』

それはまだ人々が「愚か」という貴い徳を持っていて、世の中が今のように激しく軋《きし》み合わない時分であった。殿様や若旦那ののどかな顔が曇らぬように、御殿女中[1]や華魁《おいらん》[2]の笑いの種が尽きぬようにと、饒舌《じょうぜつ》を売るお茶坊主《ちゃぼうず》[3]だの幇間《ほうかん》[4]だのという職業が、立派に存在していけたほど、世間がのんびりしていた時分であった。女定九郎《さだくろう》[5]、女自《じ》雷也《らいや》[6]、女鳴神《なるかみ》[7]、——当時の芝居でも草双紙《くさぞうし》[8]でも、すべて美しい者は強者であり、醜い者は弱者であった。誰も彼も挙《こぞ》って美しからんと努めたあげくは、天稟《てんぴん》の体へ絵の具を注ぎ込むまでになった。芳烈な、あるいは絢爛《けんらん》な、線と色とがその頃の人々の肌に

---

1 **御殿女中** 江戸時代、宮中・将軍家・大名などの奥向きに仕えた女中。奥女中。 2 **華魁** 遊郭の遊女、女郎。 3 **お茶坊主** 室町・江戸時代の武家の職名。来客の給仕や接待をした者。 4 **幇間** 酒席で遊客に座興を見せ、遊興のとりもちをする者。太鼓持ち。 5 **女定九郎** 「定九郎」は、歌舞伎《かぶき》「仮名手本《かなでほん》忠臣蔵」に出てくる追いはぎ。それを、女に転じたもの。 6 **女地雷也** 「地雷也」は、江戸時代の読本《よみほん》に登場する架空の盗賊・忍者。ガマの妖術を使う。それを、女に転じたもの。 7 **女鳴神** 「鳴神」は、歌舞伎十八番の一つ。鳴神上人は、竜神を滝壺《たきつぼ》に封印する。それを、女に転じたもの。 8 **草双紙** 江戸時代中期から後期に、江戸で流行した大衆的な絵草紙。

躍った。

[9]馬道を通うお客は、見事な刺青《ほりもの》のある駕籠《かご》舁《か》きを選んで乗った。[10]吉原《よしわら》、[11]辰巳《たつみ》の女も美しい刺青の男に惚《ほ》れた。博徒《ばくと》、鳶《とび》の者はもとより、町人から稀《まれ》には侍なども入れ墨をした。時々両国で催される刺青会では参会者おのおの肌を叩《たた》いて、互いに奇抜な意匠を誇り合い、評しあった。

清吉《せいきち》という若い刺青師《ほりものし》の腕きがあった。浅草のちゃり文《ぶん》、松島町《まつしまちょう》の奴平《やっぺい》、こんこん次郎などにも劣らぬ名手であると持て囃《はや》されて、何十人の人の肌は、彼の絵筆の下に[12]絖地《ぬめじ》となって広げられた。刺青会で好評を博す刺青の多くは彼の手になったものであった。達磨《だるま》金《きん》はぼかし刺《ぼ》りが得意といわれ、唐草権太《からくさごんた》は朱《しゅ》刺《ぼ》りの名手と讃《たた》えられ、清吉はまた奇警な構図と妖艶な線とで名を知られた。

もと[13]豊国《とよくに》・[14]国貞《くにさだ》の風を慕って、浮世絵師《うきよえし》の渡世をしていただけに、刺青師に堕落してからの清吉にもさすが画工《えかき》らしい良心と、鋭感とが残っていた。彼の心を惹《ひ》きつけるほどの皮膚と骨組みとを持つ人でなければ、彼の刺青を購《あがな》うわけにはいかなかった。たまたま描《か》いてもらえるとしても、一切の構図と費用とを彼の望むがままにして、その上堪え難い針先の苦痛を、一月も二月もこらえねばならなかった。

この若い刺青師の心には、人知らぬ快楽と宿願とが潜んでいた。彼が人々の肌を針で突き刺す時、真紅に血を含んで脹《ふく》れ上がる肉の疼《うず》きに堪えかねて、たいていの男は苦しき呻《うめ》き声を発したが、その呻き声が激しければ激しいほど、彼は不思議に言い難き愉快を感じるのであった。刺青のうちでもことに痛いといわれる朱刺り、ぼかし刺り、――それを用うることを彼はことさら喜んだ。一日平均五、六百本の針に刺されて、色上げをよくするため湯へ浴《つか》って出てくる人は、皆半死半生の体《てい》で清吉の足下《あしもと》に打ち倒れたまま、しばらくは身動きさえもできなかった。その無残な姿をいつも清吉は冷ややかに眺めて、

「さぞお痛みでがしょうなあ。」

と言いながら、快さそうに笑っている。

意気地《いくじ》のない男などが、まるで知死期《ちしご》[15]の苦しみのように口を歪《ゆが》め歯を食いしばり、

9 **馬道**　現在の台東区浅草馬道。浅草寺《せんそうじ》に馬場があり、そこへ通う道として名づけられた。吉原へ通じる道。
10 **吉原**　江戸時代に作られた、公許の遊女屋が集まる遊郭。現在の台東区千束《せんぞく》にあった。11 **辰巳**　江戸深川（現在の江東区）にあった遊郭。江戸城の辰巳（東南）にあったことから、こう呼ばれた。12 **絖地**　繻子《しゅす》織《お》りにして精練した絹織物。生地が薄く、滑らかで光沢がある。13 **豊国**　歌川豊国。一七六九―一八二五年。役者絵を得意とした。14 **国貞**　歌川国貞。一七八六―一八六四年。豊国の高弟。15 **知死期**　死に際。

ひいひいと悲鳴をあげることがあると、彼は、

「お前さんも江戸っ子だ。辛抱しなさい。――この清吉の針は飛び切りに痛《いて》えのだから。」

こう言って、涙にうるむ男の顔を横目で見ながら、かまわず刺《ほ》っていった。また我慢づよい者がグッと胆を据えて、眉一つしかめず怺《こら》えていると、

「ふむ、お前さんは見掛けによらねえ突っ張り者だ。――だが見なさい、今にそろそろ疼き出して、どうにもこうにもたまらないようになろうから。」

と、白い歯を見せて笑った。


彼の年来の宿願は、光輝ある美女の肌を得て、それへ己の魂を刺《ほ》り込むことであった。その女の素質と容貌とについては、いろいろの注文があった。ただに美しい顔、美しい肌とのみでは、彼はなかなか満足することができなかった。江戸じゅうの色町に名を響かせた女という女を調べても、彼の気分に適《かな》った味わいと調子とは容易に見つからなかった。まだ見ぬ人の姿かたちを心に描いて、三年四年は空しく憧れながらも、彼はなおその願いを捨てずにいた。

ちょうど四年目の夏のとあるゆうべ、深川の料理屋平清《ひらせい》の前を通りかかった時、彼はふと門口に待っている駕籠の簾《すだれ》のかげから、真っ白な女の素足のこぼれているのに気がついた。鋭い彼の目には、人間の足はその顔と同じように複雑な表情を持って映った。その女の足は、彼にとっては貴き肉の宝玉であった。親指から起こって小指に終わる繊細な五本の指の整い方、絵の島[16]の海辺で獲《と》れるうすべに色の貝にも劣らぬ爪の色合い、珠《たま》のような踵《きびす》のまる味、清冽《せいれつ》な岩間の水が絶えず足下を洗うかと疑われる皮膚の潤沢。この足こそは、やがて男の生き血に肥え太り、男のむくろを踏みつける足であった。この足を持つ女こそは、彼が永年たずねあぐんだ、女の中の女であろうと思われた。清吉は躍りたつ胸をおさえて、その人の顔が見たさに駕籠の後を追いかけたが、二、三町行くと、もうその影は見えなかった。

清吉の憧れごこちが、激しき恋に変わってその年も暮れ、五年目の春も半ば老い込んだある日の朝であった。彼は深川佐賀町の寓居《ぐうきょ》で、房楊枝《ふさようじ》[17]をくわえながら、錆竹《さびたけ》[18]の

16 絵の島　神奈川県藤沢市片瀬海岸にある島。江の島。 17 房楊枝　柳や竹の一端をくだいて、房のようにした楊枝。 18 錆竹　枯れて表皮に錆のような斑点を生じた竹。

濡《ぬ》れ縁《えん》[19]に万年青《おもと》[20]の鉢を眺めていると、庭の裏木戸を訪《おとな》うけはいがして、袖垣のかげから、ついぞ見馴《みな》れぬ小娘が入ってきた。

それは清吉が馴染《なじ》みの辰巳[21]の芸妓から寄こされた使いの者であった。

「姐《ねえ》さんからこの羽織《はおり》を親方へお手渡しして、何か裏地へ絵模様を画《か》いて下さるようにお頼み申せって……。」

と、娘は鬱金《うこん》[22]の風呂敷《ふろしき》をほどいて、中から岩井杜若《いわいとじゃく》[23]の似顔画のたとう[24]に包まれた女羽織と、一通の手紙とを取り出した。

その手紙には羽織のことをくれぐれも頼んだ末に、使いの娘は近々に私の妹分として御座敷《おざしき》へ出るはずゆえ、私のことも忘れずに、この娘《こ》も引き立ててやって下さいと認《したた》めてあった。

「どうも見覚えのない顔だと思ったが、それじゃお前はこの頃こっちへ来なすったのか。」

こう言って清吉は、しげしげと娘の姿を見守った。年頃はようよう十六か七かと思われたが、その娘の顔は、不思議にも長い月日を色里に暮らして、幾十人の男の魂を弄んだ年増《としま》のように物凄《ものすご》く整っていた。それは国中の罪と財《たから》との流れ込む都の中で、何十年の昔から生き代わり死に代わったみめ麗しい多くの男女の、夢の数々から生まれ出《い》づべき器量であった。

「お前は去年の六月ごろ、平清から駕籠で帰ったことがあろうがな。」

こう訊《たず》ねながら、清吉は娘を縁へかけさせて、[25]備後表《びんごおもて》の台に乗った巧緻な素足を仔《し》細《さい》に眺めた。

「ええ、あの時分なら、まだお父さんが生きていたから、平清へもたびたびまいりましたのさ。」

と、娘は奇妙な質問に笑って答えた。

「ちょうどこれで足かけ五年、俺はお前を待っていた。顔を見るのは初めてだが、お

19 **濡れ縁** 雨戸の外側に設けられた雨ざらしの縁側。20 **万年青** ユリ科の多年草。葉は長さ三〇～五〇センチで、厚くつやがある。観葉植物。21 **辰巳の芸妓** 羽織を着て客席に出たところから、辰巳（深川）の芸者は「はおり」と呼ばれた。22 **鬱金** ウコン（ショウガ科の多年草）の根茎で染めた濃い黄色。23 **岩井杜若** 五代目岩井半四郎。女形として活躍した江戸の歌舞伎役者。一七七六—一八四七年。24 **たとう** 厚い和紙に渋または漆を塗って折り目をつけた紙。結髪や着物を包む。25 **備後表** 備後地方（現在の広島県の一部）から産出する上質の畳表。履物にも用いる。

万年青

前の足にはおぼえがある。——お前に見せてやりたいものがあるから、上がってゆっくり遊んで行くがいい。」

と、清吉は暇《いとま》を告げて帰ろうとする娘の手を取って、[26]大川の水に臨む二階座敷へ案内した後、巻物を二本とり出して、まずその一つを娘の前に繰り広げた。

それは古《いにしえ》の暴君[27]紂王《ちゅうおう》の寵妃《ちょうひ》、[28]末喜《ばっき》を描いた絵であった。[29]瑠璃《るり》・珊瑚《さんご》を鏤《ちりば》めた金冠の重さにえ堪えぬなよやかな体を、ぐったり[30]勾欄に靠《もた》れて、[31]羅綾《らりょう》の裳裾《もすそ》を階《きざはし》の中段にひるがえし、右手に大杯《たいはい》を傾けながら、今しも庭前に刑せられんとする犠牲《いけにえ》の男を眺めている妃《きさき》の風情《ふぜい》といい、鉄の鎖で四肢《しし》を銅柱へ縛《ゆ》いつけられ、最後の運命を待ち構えつつ、妃の前に頭をうなだれ、目を閉じた男の顔色といい、物凄いまでに巧みに描かれていた。

娘はしばらくこの奇怪な絵の面《おもて》を見入っていたが、知らず知らずその瞳は輝きその唇は顫《ふる》えた。怪しくもその顔はだんだんと妃の顔に似通ってきた。娘はそこに隠れたる真の「己」を見出《みいだ》した。

「この絵にはお前の心が映っているぞ。」

こう言って、清吉は快げに笑いながら、娘の顔をのぞき込んだ。

「どうしてこんな恐ろしいものを、私にお見せなさるのです。」

と、娘は青褪《あおざ》めた額を擡《もた》げて言った。

「この絵の女はお前なのだ。この女の血がお前の体に交じっているはずだ。」

と、彼はさらに他の一本の画幅を広げた。

それは「肥料」という画題であった。画面の中央に、若い女が桜の幹へ身を寄せて、足下に累々と斃《たお》れている多くの男たちの屍骸《むくろ》を見つめている。女の身辺を舞いつつ凱歌《かちどき》をうたう小鳥の群れ、女の瞳に溢《あふ》れたる抑え難き誇りと歓《よろこ》びの色。それは戦いの跡の景色か、花園の春の景色か。それを見せられた娘は、われとわが心の底に潜んでいた何物かを、探りあてたる心地であった。

「これはお前の未来を絵に現したのだ。ここに斃れている人たちは、皆これからお前のために命を捨てるのだ。」

26 大川 隅田川の下流の呼び名。27 紂王 中国・殷《いん》（前一一〇〇年頃）の最後の王。暴虐な悪政を行った。28 末喜 ここは、「妲己《だっき》」の誤り。紂王に寵愛され、末喜とともに悪女の代名詞的存在といわれる。「末喜」は、夏の最後の帝・桀《けつ》の妃の一人。29 瑠璃 藍青色を呈し、古代から飾り石として用いられる鉱物。ラピスラズリ。30 勾欄 宮殿・神殿などの周囲や、橋・廊下などの両側につけた欄干。31 羅綾 うすぎぬとあやおり。また、高級な美しい衣服。

こう言って、清吉は娘の顔と寸分違《たが》わぬ画面の女を指さした。

「後生だから、早くその絵をしまって下さい。」

と、娘は誘惑を避けるがごとく、画面に背いて畳の上へ突っ俯《ぷ》したが、やがて再び唇をわななかした。

「親方、白状します。私はお前さんのお察し通り、その絵の女のような性分を持っていますのさ。——だからもう堪忍して、それを引っ込めておくんなさい。」

「そんな卑怯《ひきょう》なことを言わずと、もっとよくこの絵を見るがいい。それを恐ろしがるのも、まあ今のうちだろうよ。」

こう言った清吉の顔には、いつもの意地の悪い笑いが漂っていた。

しかし娘の頭《つむり》は容易に上がらなかった。襦袢《じゅばん》の袖に顔を蔽《おお》うていつまでも突っ俯したまま、

「親方、どうか私を帰しておくれ。お前さんの側《そば》にいるのは恐ろしいから。」

と、幾度か繰り返した。

「まあ待ちなさい。俺がお前を立派な器量の女にしてやるから。」

と言いながら、清吉は何気なく娘の側に近寄った。彼の懐にはかつてオランダ医か

ら貰《もら》った麻睡剤の罎《びん》が忍ばせてあった。

日はうららかに川面《かわも》を射て、八畳の座敷は燃えるように照った。水面から反射する光線が、無心に眠る娘の顔や、障子の紙に金色《こんじき》の波紋を描いてふるえていた。部屋のしきりを閉《た》て切って刺青の道具を手にした清吉は、しばらくはただうっとりとしてすわっているばかりであった。彼は今初めて女の妙相をしみじみ味わうことができた。その動かぬ顔に相対して、十年・百年この一室に静座するとも、なお飽くことを知るまいと思われた。古の[32]メムフィスの民が、荘厳なるエジプトの天地を、ピラミッドと[33]スフィンクスとで飾ったように、清吉は清浄な人間の皮膚を、自分の恋で彩ろうとするのであった。

やがて彼は左手の小指と[34]無名指《ななしゆび》と親指の間に挿んだ絵筆の穂を、娘の背にねかせ、その上から右手で針を刺して行った。若い刺青師の霊《こころ》は墨汁の中に溶けて、皮膚に滲《にじ》

---

32 メムフィス　古代エジプトの王都。カイロの南方にあった。　33 スフィンクス　古代オリエント神話に出てくる人間の頭とライオンの胴体をもつ怪物。［ギリシア語］Sphinx　34 無名指　くすりゆび。

んだ。焼酎《しょうちゅう》に交ぜて刺り込む琉球朱《りゅうきゅうしゅ》の一滴一滴は、彼の命のしたたりであった。彼はそこに我が魂の色を見た。

　いつしか午《ひる》も過ぎて、のどかな春の日はようやく暮れかかったが、清吉の手は少しも休まず、女の眠りも破れなかった。娘の帰りの遅きを案じて迎いに出た箱屋[35]までが、

「あの娘《こ》ならもうとうに帰っていきましたよ。」

と言われて追い返された。月が対岸の土州屋敷《としゅうやしき》[36]の上にかかって、夢のような光が沿岸一帯の家々の座敷に流れ込む頃には、刺青はまだ半分も出来上がらず、清吉は一心に蠟燭《ろうそく》の心《しん》を掻《か》き立てていた。

　一点の色を注ぎ込むのも、彼にとっては容易な業《わざ》でなかった。さす針、ぬく針のたびごとに深い吐息をついて、自分の心が刺されるように感じた。針の痕《あと》は次第次第に巨大な女郎蜘蛛《じょろうぐも》[37]の形象《かたち》を具《そな》え始めて、再び夜がしらしらと白み初《そ》めた時分には、この不思議な魔性の動物は、八本の肢《あし》を伸ばしつつ、背一面に蟠《わだかま》った。

　春の夜は、上り下りの河船の櫓声《ろごえ》に明け放れて、朝風を孕《はら》んで下る白帆の頂から薄らぎ始める霞《かすみ》の中に、中洲《なかす》[38]、箱崎、霊岸島《れいがんじま》の家々の甍《いらか》がきらめく頃、清吉はようやく絵筆を擱《お》いて、娘の背に刺り込まれた蜘蛛のかたちを眺めていた。その刺青こそは彼

が生命のすべてであった。その仕事をなし終えた後の彼の心は空虚《うつろ》であった。

二つの人影はそのままややしばらく動かなかった。そうして、低く、かすれた声が部屋の四壁にふるえて聞こえた。

「俺はお前をほんとうの美しい女にするために、刺青《ほりもの》の中へ俺の魂をうち込んだのだ。もう今からは日本国じゅうに、お前に優る女はいない。お前はもう今までのような臆病な心は持っていないのだ。男という男は、皆お前の肥料《こやし》になるのだ。……」

その言葉が通じたか、かすかに、糸のような呻き声が女の唇にのぼった。娘は次第次第に知覚を恢復《かいふく》してきた。重く引き入れては、重く引き出す肩息に、蜘蛛の肢は生けるがごとく蠕動《ぜんどう》した。

「苦しかろう。体を蜘蛛が抱きしめているのだから。」

こう言われて娘は細く無意味な目を開いた。その瞳は夕月の光を増すように、だんだんと輝いて男の顔に照った。

35 箱屋 芸者に従って、箱に入れた三味線を持ち運ぶ男。36 土州屋敷 木挽町《こびき》築地《つきじ》（現在の中央区銀座）にあった土佐藩《とさ》（現在の高知県）の下屋敷。37 女郎蜘蛛 クモ目ジョロウグモ科に属する、大型のクモ。38 中洲、箱崎、霊岸島 いずれも、中央区の、隅田川に沿った地名。

「親方、早く私に背《せなか》の刺青を見せておくれ、お前さんの命を貰った代わりに、私はさぞ美しくなったろうねえ。」

娘の言葉は夢のようであったが、しかしその調子にはどこか鋭い力がこもっていた。

「まあ、これから湯殿へ行って色上げをするのだ。苦しかろうがちっと我慢をしな。」

と、清吉は耳元へ口を寄せて、労《いた》わるように囁《ささや》いた。

「美しくさえなるのなら、どんなにでも辛抱して見せましょうよ。」

と、娘は身内《みうち》の痛みを抑えて、強いて微笑《ほほえ》んだ。

「ああ、湯が滲《し》みて苦しいこと。……親方、後生だから私をうっちゃって、二階へ行って待っていておくれ、私はこんな悲惨《みじめ》なざまを男に見られるのが口惜《くや》しいから。」

娘は湯上がりの体を拭いもあえず、いたわる清吉の手をつきのけて、激しい苦痛に流しの板の間へ身を投げたまま、魘《うな》されるごとくに呻いた。気狂《きちが》いじみた髪が悩ましげにその頰へ乱れた。女の背後には鏡台が立てかけてあった。真っ白な足の裏が二つ、その面へ映っていた。

昨日とは打って変わった女の態度に、清吉はひとかたならず驚いたが、言われるままに独り二階に待っていると、およそ半時ばかり経《た》って、女は洗い髪を両肩へすべらせ、身じまいを整えて上がってきた。そうして苦痛《くるしみ》のかげもとまらぬ晴れやかな眉を張って、欄干に靠れながらおぼろにかすむ大空を仰いだ。

「この絵は刺青と一緒にお前にやるから、それを持ってもう帰るがいい。」

こう言って清吉は巻物を女の前にさし置いた。

「親方、私はもう今までのような臆病な心を、さらりと捨ててしまいました。――お前さんは真っ先に私の肥料《こやし》になったんだねえ。」

と、女は剣《つるぎ》のような瞳を輝かした。その耳には凱歌《がいか》の声がひびいていた。

「帰る前にもう一遍、その刺青を見せてくれ。」

清吉はこう言った。

女は黙って頷《うなず》いて肌を脱いだ。おりから朝日が刺青の面《おもて》にさして、女の背《せなか》は燦爛《さんらん》とした。

信西
しんぜい

発表――一九一一（明治四四）年
高校国語教科書初出――一九七五（昭和五〇）年
実教出版『現代国語 三』

登場者

1 少納言入道信西《しんぜい》

2 師光《もろみつ》
3 師清《もろきよ》
4 成景《なりかげ》
5 清実《きよざね》
　信西の郎党

6 出雲前司《いずものぜんじ》光泰《みつやす》

光泰の郎党数人

1 少納言入道信西　院政時代の権臣。?—一一五九年。俗名は藤原通憲《ふじわらのみちのり》。「少納言」は太政官の判官。2 師光　藤原師光。?—一一七七年。このとき、左衛門尉《さえもんのじょう》。信西の死後、後白河院の寵臣《ちょうしん》となり、鹿ヶ谷《ししがたに》の変で平清盛《たいらのきよもり》に殺された。3 師清　藤原師清。伝不詳。武者所。4 成景　藤原成景。生没年未詳。右衛門尉《うえもんのじょう》。5 清実　斎藤清実。生没年未詳。右馬允《うまのかみ》。6 出雲前司光泰　源光泰。?—一一六〇年。正しくは、光保。清和源氏。

時――平治元年十二月、[7]信頼《のぶより》・義朝《よしとも》の謀叛《むほん》ありたる夜。
所――[8]山城《やましろ》・[9]近江《おうみ》の国境、[10]信楽山《しがらきやま》の奥。

荒廃した山奥の深夜。枯燥《こそう》せる雑草、灌木《かんぼく》、落葉、石ころなどが、所嫌わず乱雑に群らがり、背後は一帯の竹藪《たけやぶ》に覆わる。舞台の中央に太き老杉の幹一本高く聳《そび》え、こんもりした枝を傘のごとく広げる。あたう限り舞台面の上下を高くして、曇りたる冬の夜の空を充分に見せ、幽鬱な、暗澹《あんたん》たる薄光をもって四辺をつつむ。
信西、年の頃七十余歳、編み笠を戴《いただ》き、黒き法衣《ほうえ》を纏《まと》うて杉の根かたに腰をかけ、両手に膝頭を抱いてうつむいている。その向かって右に師光、清実、左に師清、成景、[11]物の具に身を固めて蹲踞《うずくま》る。この主従五人は、始終何物かを憚《はばか》るような低い調子で、囁《ささや》くがごとくに語る。

信西　（じっと地面を見つめたまま、皺嗄《しわが》れた声）師光、師清、成景、清実、みんなそこにおるか。
郎党四人　はい、ここに控えております。
信西　わしは先刻《さっき》から眼《まなこ》をつぶっておる。もう世の中のものを見る気力も失《う》せてしもうた、――どうじゃ、空は曇っておるか。星が一つも見えずなっておるか。

師光　（他の三人の郎党とともに空を仰ぎながら）隈《くま》なく曇っております。

信西　星が一つも見えぬと申すのじゃな。

師光　さようでござります。

師清　我が君、何故そのように空の星を気になされまする。

信西　あの[12]忌まわしい星が見える間は、わしは眼を開く勇気がないわ。（と言いつつ、笠を脱ぎ、目をしばだたきながら、恐る恐る上下左右を見回す。）もう大分夜が更けたようじゃな。曇っていても、空には月があると見えて雲が鉛のように光っておる。

成景　月の光が雲を射徹《いとお》して、私の額を冷ややかに照らしております。そこいらじゅうの草木の色が、謎の世界のもののように見えております。

清実　これが秋の夜であったら、渓川《たにがわ》の水に月が映って、妻恋うる鹿の声も聞こえる

---

7 信頼・義朝の謀叛　平治の乱。一一五九（平治元）年一二月九日に勃発した。藤原信頼（一一三三―五九年）は、後白河天皇の寵臣として絶大な権力をふるうが、同じく上皇の近臣であった信西と対立した。そこで、源義朝（一一二三―六〇年）とともに信西を襲撃した。 8 山城　現在の京都府の南部。 9 近江　現在の滋賀県。 10 信楽山　現在の滋賀県甲賀市信楽町付近にある山々。 11 物の具　武具。兵具。とりわけ鎧《よろい》をいう。 12 忌まわしい星　大伯星《たいはく》（金星）。

でござりましょうに、冬枯れ時の真夜中では、山も草木も死んだようでござります。

信西　（身を戦《おのの》かせ、恐ろしげに）みんな暫《しばら》く黙ってみてくれ。そうして、静かに耳を澄ましてあの物音を聴いてみてくれ。お前たちにはあの物音が聞こえないか。あのいずこやらで、がさがさという物の音が……。

師光　あれはおおかた、夜風がうしろの竹藪にあたる音でござりましょう。

信西　わしには、何となく人の足音のように聞こえるが……。

師清　こんな夜更けに、この山奥へまいる者はござりますまい。

信西　いや、そうも言われないのじゃ。いつ何時《なんどき》わしの命を奪《と》りにくる者があるかも知れないのじゃ。この信西の首《こうべ》が欲しさに、どのような山の奥、野の末までも、草木を分けて尋ね歩く人たちが多勢おるのじゃ。今頃京都《みやこ》では、「信西はいずこへ逃げた、早く捜し出してあの男の首を斬れ。」と、源氏の侍どもが騒いでおるであろう。

成景　それは合点のまいらぬことでござります。学問と申し、器量と申し、今の朝廷に肩を列《なら》べる者もない、御威勢のある我が君を、ことに主上[13]の御覚えの優れてめでたい我が君の御命を、源氏の侍が付け狙うとはどういうわけでござります。

信西　お前たちには、その仔細《しさい》が分からぬであろうな。
成景　いっこう合点が参りませぬ。
清実　私どもは、ただ君の仰せのままに、ここまでお供致してまいったのでござります。ちょうど今日の午頃《ひるごろ》のこと、わが君には急に青褪《あおざ》めた顔をなすって、「都にいては命が危ういゆえ、一刻も早くわしをどこかの山奥へ連れていって、隠してくれい。」と仰《おっ》しゃりました。そこで私どもは取るものも取りあえず、深い仔細《しさい》も承らずに、君をお連れ申して、ひとまず田原[14]の奥の大道寺[15]の所領まで逃げのびたのでござりました。すると君には、「いや、まだここでは安心ができない。もっと人里を離れた、もっと寂しいところへ行かねばならぬ。」と仰しゃって、とうとうこんな山奥へまいったのでござります。
師清　あの時の君の御様子と申したら、失礼ながら、まるで御心が狂ったようで、正気ある人の沙汰《さた》とは覚えぬほどでござりました。

13 主上　二条天皇。在位、一一五八―六五年。 14 田原　現在の京都府綴喜《つづき》郡宇治田原町。 15 大道寺　信西の荘園があった。

師光　[16]保元《ほげん》このかた世には泰平が打ち続いて、源平の武士は内裏《だいり》を守護し奉り、朝廷の御威光の至らぬ隈もなく、わが君の御身の上は磐石《ばんじゃく》のように確かだと思われますのに、どのような仔細があって、今宵《こよい》のような見苦しいことをなされまする。

信西　お前たちのような無学な人は幸せじゃ。わしは昨日まで自分の学問や才知を誇っておったが、今となってみれば、かえって愚かな人が羨ましいわ。わしは若い時分に、唐土《もろこし》の[17]孔子の道を学んだ。そうして僅か一年ほどの間にその奥義を究めてしまった。それからわしは[18]老子の道を学んだ。そうしてまた一年も経《た》つと、その奥義を究めることができた。その次には仏の道を学んだ。そうしてこれも一年ばかりの間に、残らず学び尽くしてしまった。最後にわしは、この宇宙の間にあるすべての事柄を、悉《ことごと》く知ろうとした。天文でも、医術でも、[19]陰陽五行の道でも、わしの学ばないところはなかった。星の運行によって、世間の有為転変を占うことも、人間の相を観《み》て、その人の吉凶禍福を判ずることも、できるようになったのじゃ。わしの眼には、遠い未来のことまでも明らかに見える。世の中や人の身の上に大事件が起こる前には、必ずその兆しが現れるものじゃが、わしの眼にはそれがはっきりと見えるようになったのじゃ。しまいには自分の悲しい運命までが、自分によく見えるようになってきた。それがわしの不幸せであったのじゃ。

師清　それでは近頃に、何かそのような恐ろしい前兆でも現れたのでござりまするか。

信西　うむ、わしがそれに気が付いたのは、今日の午頃であった。院の御所に伺う途中でふと空を仰ぐと、天の中央《なかば》に懸かった日輪が、白い暈《かさ》を被《かぶ》っていた。あれは「[20]白虹《はっこう》日を貫く。」というて、時を移さず朝敵が都に起こり、国難を醸す前兆なのじゃ。また時ならぬ真昼の空に、大伯星《たいはくせい》がきらきらと光っているのを見た。それは「[21]大伯経天《けいてん》に侵す。」というて、今夜のうちに朝廷の忠臣が、君に代わりまいらせて命を落とす証拠なのじゃ。

成景　その忠臣と仰しゃるのは、どなたのことでござりましょう。

信西　それはわしのことであろう。——わしはそれについて、いろいろと思い合わす

16 **保元**　一一五六―五九年。久寿の後、平治の前。17 **孔子**　中国、春秋時代の学者、思想家。前五五一―前四七九年。儒教の開祖。18 **老子**　中国周代の学者、思想家。生没年未詳。道家の祖。19 **陰陽五行の道**　中国古代の宇宙観・世界観。陰陽説と五行説が結合したもの。「陰陽」説は、宇宙の現象事物を陰と陽との働きによって説明する二元論。「五行」は、木・火・土・金・水の五元素。日本中世の生活・思想にも大きな影響を与えた。20 **白虹日を貫く**　白色の虹が太陽を貫くのは、国家に兵乱が起こる前兆と考えられていた。21 **大伯経天を侵す**　金星が光を失わずに、白昼、天を渡っていく。

ことがある。昔、まだわしが通憲《みちのり》という俗人であった時分、熊野権現へ参詣に行く道すがら、ある占者がわしの相を観て言うた言葉があった。「あなたは諸道に優れた人じゃが、しかし、気の毒なことには行く末首《こうべ》を剣《つるぎ》にかけられて、屍骸《しかばね》を野原に曝《さら》す相がある。万一出家でもしたならば、その禍《わざわい》を免れることもあるであろうが、それも七十を越すまで生きていたらば危うかろう。」とその占者が言うたのじゃ。わしはその時早速鏡の前で、自分の顔をつくづくと眺めた。すると恐ろしいことには、その占者の言うた通り、剣難の相が現れていた。それからわしはこのように頭を円《まる》めて、名も信西と改めたのじゃが、七十の坂はもう四、五年前に越してしまうた。それやこれやを考え合わせると、今度はどうしても、わしの命は助からないのであろう。……しかし、わしのように自分の運命が、あまりハッキリ見えすぎると、人は臆病にならずにはおられぬものじゃ。見す見す分かっていながら、どうかしてその運命に打ち克《か》とう、打ち克とうとしたくなるのじゃ。わしは七十の坂を越してからというもの、一日として安い心はなかったのじゃ。

清実　それでは、その朝敵と仰しゃるのは誰のことでござります。

信西　言わずと知れた信頼と義朝じゃ。あの二人は日頃から、恐れ多くも主上や院を始め、わしや清盛[24]などに大分怨《うら》みを抱いていた。ちょうど今清盛が熊野へ参詣に行った留守を幸い、信頼のやつが愚か者の義朝を語ろうて、謀叛を起こすのであろう。きっと今頃はあの二人が、主上や院を御所へ押し込め奉り、わしや清盛の邸《やしき》を焼き打ちにしている時分じゃ。そうして、あわよくば思うがままの高位高官に上り、二人して天下の政治を勝手に料理しようとするのであろう。

師光　何と仰しゃります。それが真実《まこと》なら、容易ならぬことではござりませぬか。

信西　まことども、まことども、お前たちは物を目の前に見せられぬ間は、その真実《まこと》を信ずることができぬかな。――そうじゃ、あの信頼のことについても想《おも》い出すことがあるわ。いつであったかかの男が、[25]近衛《このえ》大将の位を所望した折、院にはいかがしたものであろうと、わしにお尋ね遊ばしたことがあった。わしはその時、「どうしてどうして、あのような男を近衛大将になさってはなりませぬ。そんなことをなされると、あれは今に増長して謀叛でも起こしかねない人物でござります。」と、

22 熊野権現　和歌山県の熊野にある本宮・新宮・那智《なち》の三社。　23 院　後白河院。一一二七―一一九二年。一一五八年以降、三四年間にわたり院政を行った。　24 清盛　平清盛。一一一八―八一年。　25 近衛大将　近衛府の長官。

唐土の[26]安禄山《あんろくざん》の例《ためし》を引いてお止め申したことがあった。今思えばそれがやはり当たったのじゃ。わしの判断は、今まで一度も外れたことはないのじゃ。

師光　たとえ京都《みやこ》は、いったん[27]右衛門督《うえもんのかみ》（信頼）や[28]左馬頭《さまのかみ》（義朝）の手に落ちても、昔から朝敵の栄えた例《ためし》はございませぬ。[29]紀州に赴かれた[30]大弐《だいに》殿《どの》（清盛）が変を聞いて引き返されたら、不敵の輩《やから》も瞬くうちに滅ぼされるでございましょう。

信西　そうであろう。お前の今言うたことは、やがて真実となるであろう。清盛が戻ってきたらたちまち滅ぼされて、あの二人の首は獄門に曝されるであろう。だが明日をも知れぬ自分の運命に心付かず、勇ましく働いている愚かな義朝は、わしより幸せであるかも知れぬ。わしは今、自分で自分の運命に詛《のろ》われて、手も足も出ずにおるのじゃから。

師清　しかし、今日こそ我が君の学問の効果《ききめ》が現れたのでございましょう。御身の上にふりかかる禍を未然に防がれて、この山奥に姿を隠され、朝敵に一泡吹かせてやったのは、快いことでございます。さぞ今頃は、血眼になって御行方を捜し求めておりましょう。

成景　もうここまで落ちのびたうえは、よもや敵の目に止まることはございますまい。

大弐殿の戻られるまで、暫くここに御辛抱なされば大丈夫でござります。

信西　お前たちはそう思っておるのか。わしの日頃の学問が役に立ったというのか。あの執念深い信頼という男が、一通りのことでわしを捜すことを思い切ると思うのか。ああ、どうかしてわしもそのような気持ちになりたい。どうせ殺されるにしても、殺される間際までその気持ちでいたいものじゃ。あの信頼は、草を分けてもこの信西を捜し出さずにはおかぬ男じゃ。今頃源氏の郎党どもは、手に手に炬火《たいまつ》を持って、京都《みやこ》の八方へ放たれたであろう。先刻まで忍んでいた大道寺の所領へも来たであろう。ふとしたら、もうこの山の周囲を取り巻いて、そろそろと登ってくるかも知れぬ。一町[31]、二町、三町、と、だんだん近くなって、この後ろの竹藪に忍び込んだかも知れぬ。ああ、わしはとても助からないのじゃ。わしは死ぬのじゃ。殺されるのじゃ。あの二人の首が獄門に掛けられぬ前に、先ずわしの首が鴨河原[32]《かも》へ曝さ

---

26 安禄山　?—七五七年。中国唐代の叛臣《はんしん》。玄宗に寵愛されたが、その後反逆した。27 右衛門督　右衛門府の長官。28 左馬頭　左馬寮《さまりよう》の長官。29 紀州　紀伊国。現在の和歌山県と三重県の一部。30 大弐　大宰《だざい》大弐。大宰府の次官。31 町　距離の単位。一町は、約一〇九メートル。32 鴨河原　京都市を流れる賀茂《かも》川の河原。当時の死刑執行の場所だった。

れるのじゃ。……わしはそれをよく知っておる。わしにはそれがよく分かっておる。……分かっておることが何になろう。何のためになろう。……ああ、わしはどうしても助からない。……どうしても……。

師光　わが君、いかがなされました。御心を確かになさりませい。天下に響いた少納言信西というお名前に恥じぬように。

信西　お前はわしを卑怯《ひきょう》だと思うのじゃな。わしは運命の前にお辞儀をするのが嫌なのじゃ。卑怯だと言われても構わないのじゃ。ひろいひろい天下に一人くらいは、あの愚かな義朝の勇気よりも、この信西の臆病のほうが貴いものじゃということを知ってくれる者があろう。わしは唐土にも[33]天竺《てんじく》にも、肩を列べる者のない学者なのじゃ。[34]久寿の昔[35]那智山《なちざん》で観世音菩薩《かんぜおんぼさつ》の化身じゃと言われたこともあるのじゃ。——しかしそれも、みんな過ぎ去ったことになった。この日本の国に、自分を蹴落とすものはないと思っていたのは昨日のことであった。わしは、あの文盲な、そうして勇猛な、[36]東夷《あずまえびす》の義朝に蹴落とされたのじゃ。[37]「老いてこの世に存《なが》うれば、辱めを受くること多し。」と言うが、その通りであった。これほど年をとりながら、わしは何故君のため国のために、命を捨てる気にならないのであろう。——おお、また一《ひと》入《しお》と寒くなってきたな。命の火の消えかかっているわしの体は、この寒さに堪えられそうにも覚えぬわ。

清実　お傷《いた》わしう存じます。

師光　わが君、何故そのような弱々しいことを仰しゃります。日頃の御気象にも似合わぬことでございます。気をシッカリとお持ちなされい。愚か者の、東夷の、左馬頭のような——天を恐れず、神を憚らぬ左馬頭のような強い心をお持ちなされい。力をこめて、運命の網を突き破っておしまいなされい。（曇りたる空、次第次第に晴れ渡り、拭うがごとくに冴《さ》えて星五つ六つきらきらと輝き、月光普《あまね》く地上を照らす。ただし、月は舞台面に現さざること。）おお、いつの間にか空が晴れて参りました。さあ我が君、恐れることはございませぬ。あの空の星を、あの忌まわしい空の星を、額を上げて、胸を張って、つくづくと御覧なされい。

---

33 天竺　インド。34 久寿の昔　久寿二（一一五五）年。35 那智山　和歌山県東牟婁《ひがしむろ》郡那智勝浦《かつうら》町にある那智権現神社。『平治物語』によると、信西は唐僧淡海から「生身《しょうじん》の観音」と言われていた。36 東夷　京都から見て東国の人、とりわけ無骨で粗野な東国武士を嘲って言った語。ここでは、源氏を指す。37 老いてこの世を……『荘子』天地篇《へん》に、「寿ナレバ則チ辱《はぢ》多シ。」とある。

信西　（静かに、おずおずと頭を上げて、空を仰ぐ。）あの星がそれじゃ。あれ、あすこに、鋭い月の光にもまけずに瞬いているあの星が、わしの運命を詛うのじゃ。（風吹き来《きた》りて竹藪をざわざわと鳴らす。）あれはやっぱり風の音か、この次に竹藪が鳴る時は、源氏の討っ手が現れるであろう。

成景　私どもは先刻からのお言葉を、まだ疑うておりますが、もしも源氏の討っ手が参ろうなら、腕の限り斬って斬りまくり、我が君に指でもささせぬ覚悟でございます。

信西　ふむ、まだお前たちは、わしの言葉が信じられぬと言うのじゃな。

清実　誰も、誰も、君の御判断の当たらぬことを願うております。

信西　討っ手の影が見えてから、初めて真実と悟ったとて何になろう。たとえお前たち四人が力の限り刃向こうても、名にし負う源氏の荒武者が十騎も二十騎も押し寄せたら手もないことじゃ。あの星を見るがよい。あの星を。あれが何よりの証拠なのじゃ。あの星の光が消えるか、わしの命が消えるか、二つに一つじゃ。

師清[38]　それではともかくも、お心の休まるように、今少し山の奥か、それともまた、南都のほうへ落ちのびましょうか。

信西　頭の上にあの星が睨《にら》んでいる間は、どこへ行っても同じことじゃ。わしにはあの星を空から射落とす力はない。あの星を、頭の上から引きずり下ろす力がないのじゃ。どうかして、あの星の見えないところへ行きたいものじゃ。（ふと、何かを見つけたように、下手のほうを見やりて頷《うなず》く。）うむ、あすこに材木と鍬《くわ》とが置いてある。おおかた樵夫《きこり》が遺《わす》れていったのであろう。お前たち、あれをここへ持ってきてくれ。

郎党ら、下手から新しく挽《ひ》きたる四分板[39]四、五枚と鍬とを運びくる。

師光　わが君、これをいかがなされるのでござります。

信西　星の見えないところへ身を隠すのじゃ。この杉の木陰に穴を掘って、土の中に身を埋《うず》め、竹の節で気息《いき》を通わせれば、生きていられるであろう。あの星の光が消えるまで、わしはそうして生きながらえ、運命の力に克って見せるのじゃ。……時のたたないうちに、早くそこを掘ってくれい。

郎党ら、杉の木陰を穿《うが》ち、穴の中を板にてかこい、後ろの竹藪から竹の幹を切ってくる。

38　南都　奈良《なら》。　39　四分板　暑さが四分（約一二ミリメートル）の板。

師光　仰せの通りにしつらえました。

信西　いろいろと大儀であったのう。お前たちの心づくしは、死ぬるまで過分に思うて忘れぬであろう。それでは、わしはこの穴に身を埋めて、世の中の静まるのを待つとしよう。再び日の目が見られたらば、お前たちにも厚く礼をするつもりじゃ。お前たちも人目にかからぬうち、早くここを立ち退《の》いて、いずこの山里へなりと身を落ち着けたがよい。もしまたわしの体に万一のことがあったなら、京都《みやこ》に残しておいた妻子どもの面倒を見てやってくれるように、くれぐれも頼んでおくぞ。

師清　仰せまでもないことでござります。我が君にもどのようなことがあろうとも、命の綱をしっかと摑《つか》んで放さぬようになされませい。

師光　君にお願いがござります。忌まわしいことながら、万々一、これが長いお別れとならぬとも限りませぬ。なにとぞその時は世の物笑いとならぬよう、天晴《あっぱ》れの御最期をお願い申しておきます。またその時に私どもが亡き後の君の御回向を葬うことができますように、ただ今この場で髻《もとどり》を切りとう存じます。師清も、成景も、清実も、別に依存はなかろうな。

師清・成景・清実　決して異存はない。

四人、一度に髻を切る。

師光　こうなったうえは、われわれ四人に、なにとぞ法名[40]をお授け下さいまし。

信西　うむ、ようこそ申してくれた。――師光……。

師光　はい。

信西　信西の一字を取って、お前の法名は西光《さいこう》と称《とな》えるがよい。

師光　かたじけのう存じます。

信西　師清、お前の法名は西清《さいしょう》。

師清　はい。

信西　成景は西景《さいけい》、清実は西実《さいじつ》と称えるがよい。

師清・成景・清実　かたじけのう存じます。

師光　いつまでいてもお名残は尽きませぬ、それではこれで一同お暇《いとま》を願います。

信西　うむ、（と言いつつ、つかつかと穴の端に進み、そこに佇《たたず》みて無言のまま暫く空の星を凝視し、力なげにうなだれる……。）星はまだ光っている。……わしはこの穴の中

40　法名　仏門に入って出家・受戒のときに授けられる名。戒名。

で、気息《いき》のつづく限り、念仏を称えていよう。……

信西穴の中へ入る。郎党ら、竹の幹の一端を土中に入れ、一端を地上に露出せしめ、穴の上を板にて蔽《おお》い塞ぎ、さらにその上へ土を盛る。

師光　それではお暇を申します。

郎党四人、穴の中に向かいて叩頭《こうとう》す。

信西の声　（穴の中より）師光、師光。

師光　はい。（這《は》い寄りて、竹の端に耳をつける。）

信西の声　星はまだ光っておるか。

師光　はい、いまだに光は衰えませぬ。

四人、立ち上がりて下手へ歩みゆく。

清実　いまだに討っ手は来ないようだ。俺はどうも君の仰しゃったことが、ほんとうとは思われない。

成景　俺も半信半疑でいる。

師清　もしも仰しゃったことが当たらないとすれば、こんな騒ぎをしたのは馬鹿馬鹿しい。師光、お前は何でまた髻を切るの、長のお別れだのと、不吉なことを言い出したのだ。

師光　俺の観たところでは、君のお命はもうないものにきまっておるのだ。たとえ世の中が乱れようが乱れまいが、人間があんなことを考えたり、喋《しゃべ》ったりするというのは、もうじき死ぬる前兆にきまっておるものだ。

成景　いやなことを言うではないか。

師光　いやなことでも、それは本当のことだ。

清実　そうしてみると、ことによったら、本当に世の中が乱れ出したのかも知れない。今まで君の仰しゃったことで、当たらなかったことはなかったからのう。

師清　そうだとすると、こんなところにぐずぐずしてはいられない。早くどこかへ落ちのびよう。

成景　しかし俺はどうしてもまだ半信半疑だ。

四人下手へ退場。山中に隻影《せきえい》[41]なく、月光霜のごとくに地上を照らして寂寞《せきばく》としている。ただ信西の穴の中にて唱うる不断の念仏の声、南無阿弥陀仏《なむあみだぶつ》、南無阿弥陀仏と微《かす》

41　隻影　ただ一つのものの影。

かに聞こゆ。

暫くして、上手、下手、後ろの竹藪などのところどころより、甲冑《かっちゅう》に身を固めたる兵士五、六人、手に手に炬火を持ちて、一人または二人ずつ現れる。出雲前司光泰が、郎党を率いて出てきたのである。兵士ら、盗賊のごとく足音をしのばせ、互いに耳うちをして、ひそひそと囁き合う。

光泰　人声の聞こえたのは、たしかにこの辺りであったらしいが。……
郎党の一　はい、この辺りでござりました。まだ聞こえているようでござります。
郎党の二　あの声は、何を喋っているのだろう。
郎党の三　あれは念仏を唱えているらしい。
光泰　あの藪の中ではないか。
郎党の四　藪の中はすっかり捜してみましたが、何もおりませぬ。
郎党の五　おかしいな。
郎党の六　おかしいな。
郎党の一　まるで地の底から聞こえるようだな。
郎党の二　そうだ、これは不思議だ。俺たちの足の下で声がするのだ。

兵士らしきりに耳をかしげ、地面を眺めつつ杉の木陰に集まる。念仏の音ハッタリ止《や》む。光泰、竹の先を指し示し、目くばせにて掘れと命ず。兵士ら心得てたちまち穴を発《あば》く。信西、自ら懐剣を脇腹につき立てたれどいまだ死に切れず、満身鮮血に染み、肩息になりて摑《つか》み出さる。兵士ら炬火を信西の面上に打ち振る。

光泰　俺は信西法師の顔を知らぬが、誰か知った者はないか。

郎党の一　誰も存じませぬ。

光泰　しかし、この坊主が信西に相違あるまい。

郎党の二　まだ気息《いき》があるようでございます。訊《たず》ねたら返辞をするかも知れませぬ。

光泰　（信西の顔を凝視して）こら、お前は信西法師であろうな。右衛門督殿の命をうけて、出雲前司光泰がお前を召し捕りに来たのだぞ。お前は世間の評判にも似合わぬたわけた臆病者だな。命が惜しさに、穴の中に埋まっておるとは、何という卑怯なやつだ。

信西　（光泰の言葉を解せざるもののごとく、眼瞼《まぶた》をはためかせて譫語《うわごと》のように）星はまだ光っておるか。……

光泰心付きてふと天を見る。夜ほのぼのとあけかかりて、白み始めたる空に明星明滅す。遠き山里に鶏鳴を聞き、冬の払暁のおぼつかなき薄明のうちに幕を垂れる。

（幕）

秘密《ひみつ》

発表——一九一一（明治四四）年
高校国語副読本初出——二〇一三（平成二五）年

筑摩書房『高校生のための近現代文学エッセンス
ちくま小説選』

その頃私はある気紛《きまぐ》れな考えから、今まで自分の身のまわりを包んでいた賑やかな雰囲気を遠ざかって、いろいろの関係で交際を続けていた男や女の圏内から、ひそかに逃れ出ようと思い、方々と適当な隠れ家を捜し求めたあげく、浅草の松葉町辺に真[1]言宗の寺のあるのを見付けて、ようようそこの庫裡《くり》[2]の一間《ひとま》を借り受けることになった。新堀《しんぼり》の溝《どぶ》へついて、菊屋橋から門跡《もんぜき》[3]の裏手をまっすぐに行ったところ、十二階[4]の下のほうの、うるさく入り組んだObscure[5]な町の中にその寺はあった。ごみ溜《た》めの箱を覆したごとく、あの辺一帯にひろがっている貧民窟の片側に、黄橙《こうとう》色の土塀の壁が長く続いて、いかにも落ち着いた、重々しい寂しい感じを与える構えであった。

私は最初から、渋谷だの大久保だのという郊外へ隠遁《いんとん》するよりも、かえって市内の

---

1 真言宗　空海を祖とし、大日如来を本尊とする仏教の一派。加持祈禱を重んじた。 2 庫裡　寺の住職や家族の住むところ。 3 門跡　ここは、台東区西浅草にある東本願寺の俗称。 4 十二階　当時、浅草にあった凌雲閣《りょううんかく》の俗称。関東大震災により、倒壊した。 5 Obscure　不明瞭で、人目につかないさま。［英語］

どこかに人の心付かない、不思議なさびれたところがあるであろうと思っていた。ちょうど瀬の早い渓川《たにがわ》のところどころに、澱《よど》んだ淵《ふち》ができるように、下町の雑踏する巷《ちまた》と巷の間《あわい》に挟まりながら、きわめて特殊の場合か、特殊の人でもなければめったに通行しないような閑静な一郭が、なければなるまいと思っていた。

同時にまたこんなことも考えて見た。——

俺はずいぶん旅行好きで、京都、仙台、北海道から九州までも歩いてきた。けれどもまだこの東京の町の中に、人形町[6]で生まれて二十年来永住している東京の町の中に、一度も足を踏み入れたことのないという通りが、きっとあるに違いない。いや、思ったよりたくさんあるに違いない。

そうして大都会の下町に、蜂の巣のごとく交錯している大小無数の街路のうち、私が通ったことのあるところと、ないところでは、どっちが多いかちょいと分からなくなってきた。

何でも十一、二歳の頃であったろう。父と一緒に深川の八幡《はちまん》様[7]へ行った時、

「これから渡しを渡って、冬木《ふゆぎ》[8]の米市《こめいち》で名代《なだい》のそばを御馳走《ごちそう》してやるかな。」

こう言って、父は私を境内の社殿の後ろのほうへ連れていったことがある。そこに

は[9]小網《こあみ》町や小舟《こぶな》町辺の堀割とまったく趣の違った、幅の狭い、岸の低い、水のいっぱいにふくれ上がっている川が、細かく建て込んでいる両岸の家々の、軒と軒とを押し分けるように、どんよりと物憂く流れていた。小さな渡し船は、川幅よりも長そうな[10]荷足《にた》りや[11]伝馬《てんま》が、幾艘《いくそう》も縦に並んでいる間を縫いながら、二竿《さお》三竿ばかりちょろちょろと水底《みなそこ》を衝《つ》いて往復していた。

私はその時まで、たびたび八幡様へお参りをしたが、いまだかつて境内の裏手がどんなになっているか考えてみたことはなかった。いつも正面の鳥居のほうから社殿を拝むだけで、おそらく[12]パノラマの絵のように、表ばかりで裏のない、行き止まりの景色のように自然と考えていたのであろう。現在目の前にこんな川や渡し場が見えて、その先に広い地面が果てしもなく続いている謎のような光景を見ると、何となく京都や大阪よりももっと東京をかけ離れた、夢の中でしばしば出逢《であ》うことのある世界のご

6 人形町 中央区にある地名。作者は、実際ここの生まれだった。7 深川の八幡様 江東区富岡《とみおか》にある富岡八幡宮のこと。8 冬木の米市 当時、富岡八幡宮近くにあったそば屋。9 小網町や小舟町 ともに、中央区にある地名。10 荷足り 川などで荷物の運送に使う幅の広い小舟。荷足り船。11 伝馬 本船に積んでおき、荷物を陸揚げする際に用いる小舟。伝馬船。12 パノラマ 円筒形の場内に描かれた一続きの絵を、中央の見物台から眺める見せ物。当時、こうした常設の「パノラマ館」が日本各地に作られた。

とく思われた。

それから私は、浅草の観音堂の真うしろにはどんな町があったか想像してみたが、仲見世の通りから宏大《こうだい》な朱塗りのお堂の甍《いらか》を望んだ時の有様ばかりが明瞭に描かれ、その外の点はとんと頭に浮かばなかった。だんだん大人になって、世間が広くなるに従い、知人の家を訪ねたり、花見遊山に出かけたり、東京市中は隈《くま》なく歩いたようであるが、いまだに子供の時分経験したような不思議な別世界へ、ハタリと行き逢うことがたびたびあった。

そういう別世界こそ、身を匿《かく》すには究竟《くっきょう》であろうと思って、ここかしこといろいろに捜し求めてみればみるほど、今まで通ったことのない区域が至るところに発見された。浅草橋と和泉《いずみ》橋は幾度も渡っておきながら、その間にある左衛門《さえもん》橋を渡ったことがない。[13]二長町《にちょうまち》の市村座へ行くのには、いつも電車通りからそばやの角を右へ曲がったが、あの芝居の前をまっすぐに柳盛座《りゅうせいざ》のほうへ出る二、三町ばかりの地面は、一度も踏んだ覚えはなかった。昔の永代橋の右岸の袂《たもと》から、左のほうの河岸はどんな具合になっていたか、どうもよく分からなかった。その外八丁堀、越前《えちぜん》堀、三味線堀、山《さん》谷《や》堀の界隈《かいわい》には、まだまだ知らないところがたくさんあるらしかった。

松葉町のお寺の近傍は、そのうちでも一番奇妙な町であった。六区[14]と吉原《よしわら》[15]を鼻先に控えてちょいと横丁を一つ曲がったところに、淋《さび》しい、廃れたような区域を作っているのが非常に私の気に入ってしまった。今まで自分の無二の親友であった「派手な贅《ぜい》沢《たく》なそうして平凡な東京」というやつを置いてき堀にして、静かにその騒擾《そうじょう》を傍観しながら、こっそり身を隠していられるのが、愉快でならなかった。

隠遁をした目的は、別段勉強をするためではない。その頃私の神経は、刃の擦り切れたやすりのように、鋭敏な角々がすっかり鈍って、よほど色彩の濃い、あくどいものに出逢わなければ、何の感興も湧かなかった。微細な感受性の働きを要求する一流の芸術だとか、一流の料理だとかを翫味《がんみ》するのが、不可能になっていた。下町の粋《すい》といわれる茶屋の板前に感心してみたり、仁左衛門《にざえもん》[16]や鴈治郎《がんじろう》の技巧を賞美したり、すべてありきたりの都会の歓楽を受け入れるには、あまり心が荒《すさ》んでいた。惰力のために

13 二長町の市村座　当時、下谷区二長町（現在の台東区台東）にあった歌舞伎《かぶき》の劇場。「柳盛座」も同じく歌舞伎の劇場。14 六区　浅草公園六区のこと。浅草寺裏手に造成された歓楽街。15 吉原　江戸時代に作られた、公許の遊女屋が集まる遊郭。現在の台東区千束《せんぞく》にあった。16 仁左衛門や鴈治郎　歌舞伎役者の名称である片岡仁左衛門と中村鴈治郎のこと。

面白くもない懶惰《らんだ》な生活を、毎日毎日繰り返しているのが、堪えられなくなって、全然[17]旧套《きゅうとう》を擺脱《はいだつ》した、物好きな、[18]アーティフィシャルな、[19]Mode of life を見出《みいだ》してみたかったのである。

普通の刺激に馴《な》れてしまった神経を顫《ふる》い戦《おのの》かすような、何か不思議な、奇怪なことはないであろうか。現実をかけ離れた野蛮な荒唐な夢幻的な空気の中に、棲息《せいそく》することはできないであろうか。こう思って私の魂は遠く[20]バビロンやアッシリヤの古代の伝説の世界にさ迷ったり、[21]コナン・ドイルや[22]涙香《るいこう》の探偵小説を想像したり、光線の熾烈《しれつ》な熱帯地方の焦土と緑野を恋い慕ったり、腕白な少年時代の[23]エクセントリックな悪戯に憧れたりした。

賑やかな世間から不意に韜晦《とうかい》して、行動をただいたずらに秘密にしてみるだけでも、すでに一種のミステリアスな、ロマンチックな色彩を自分の生活に賦与することができると思った。私は秘密というものの面白さを、子供の時分からしみじみと味わっていた。かくれんぼ、宝さがし、[24]お茶坊主のような遊戯――ことに、それが闇の晩、うす暗い物置き小屋や、観音開きの前などで行われる時の面白味は、主としてその間に「秘密」という不思議な気分が潜んでいるせいであったに違いない。

私はもう一度幼年時代の隠れん坊のような気持ちを経験してみたさに、わざと人の気の付かない下町の曖昧なところに身を隠したのであった。そのお寺の宗旨が「秘密」とか、「禁厭《まじない》」とか、「呪詛《じゅそ》」とかいうものに縁の深い真言宗であることも、私の好奇心を誘うて、妄想を育ませるには格好であった。部屋は新しく建て増した庫裡の一部で、南を向いた八畳敷きの、日に焼けて少し茶色がかっている畳が、かえって見た目には安らかな暖かい感じを与えた。昼過ぎになると穏やかな秋の日が、幻灯のごとくあかあかと縁側の障子に燃えて、室内は大きな雪洞《ぼんぼり》のように明るかった。

それから私は、今まで親しんでいた哲学や芸術に関する書類を一切戸棚へ片付けてしまって、魔術だの、催眠術だの、探偵小説だの、化学だの、解剖学だのの奇怪な説話と挿し絵に富んでいる書物を、さながら土用干しのごとく部屋じゅうへ置き散らし

17 旧套を擺脱した　古い慣習を抜け出した。18 アーティフィシャル　人工的なさま。技巧的なさま。［英語］artificial　19 Mode of life　生活様式。生活習慣。［英語］　20 バビロンやアッシリヤ　「バビロン」は、イラク中部の古代都市。「アッシリヤ」は、メソポタミヤの古代王国。　21 コナン・ドイル　Arthur Conan Doyle　一八五九―一九三〇年。イギリスの作家。名探偵シャーロック・ホームズの生みの親。　22 涙香　黒岩涙香。作家、ジャーナリスト。一八六二―一九二〇年。日本初の探偵小説『無惨』を執筆した。　23 エクセントリック　奇異なさま。［英語］eccentric　24 お茶坊主　目隠しをした鬼が周りの輪にいる者に茶を出し、名前を当てる遊戯。

て、寝ころびながら、手あたり次第に繰りひろげては耽読《たんどく》した。その中には、コナン・ドイルの[25]The Sign of Four や、[26]ド・キンシイの Murder, Considered as one of the fine arts や、アラビアンナイトのようなお伽噺《とぎばなし》から、フランスの不思議な[27]Sexology の本なども交じっていた。

ここの住職が秘していた地獄極楽の図を始め、[28]須弥山《しゅみせん》図だの[29]涅槃像《ねはんぞう》だの、いろいろの、古い仏画を強いて懇望して、ちょうど学校の教員室に掛かっている地図のように、所嫌わず部屋の四壁へぶら下げてみた。床の間の香炉からは、始終紫色の香の煙がまっすぐに静かに立ち昇って、明るい暖かい室内を焚《た》きしめていた。

私は時々菊屋橋際の店へ行って[30]白檀《びゃくだん》や沈香《じんこう》を買ってきてはそれを燻《く》べた。

天気のよい日、きらきらとした真昼の光線がいっぱいに障子へあたる時の室内は、目の覚めるような壮観を呈した。絢爛《けんらん》な色彩の古画の諸仏、[31]羅漢《らかん》、[32]比丘《びく》、比丘尼《びくに》、[33]優婆《うば》塞《そく》、優婆夷《うばい》、象、獅子《しし》、[34]麒麟《きりん》などが四壁の紙幅の内から、ゆたかな光の中に泳ぎ出す。畳の上に投げ出された無数の書物からは、惨殺、麻酔、魔薬、妖女、宗教——種々雑多の傀儡《かいらい》が、香の煙に溶け込んで、朦朧《もうろう》と立ち込める中に、二畳ばかりの[35]緋毛氈《ひもうせん》を敷き、どんよりとした蛮人のような瞳を据えて、寝ころんだまま、私は毎日毎日幻覚を胸に描いた。

夜の九時頃、寺の者がたいがい寝静まってしまうとウイスキーの角壜《かくびん》を呷《あお》って酔いを買った後、勝手に縁側の雨戸を引き外し、墓地の生け垣を乗り越えて散歩に出かけた。なるべく人目にかからぬように毎晩服装を取り換えて公園の雑踏の中を潜って歩いたり、古道具屋や古本屋の店先を漁《あさ》り回ったりした。頰冠《ほおかむ》りに唐桟《とうざん》[36]の半纏《はんてん》を引っ掛け、綺麗《きれい》に研《みが》いた素足へ爪紅《つまべに》をさして雪駄《せった》を穿《は》くこともあった。金縁の色眼鏡に二重回し[37]の襟を立てて出ることもあった。着け髭《ひげ》、ほくろ、痣《あざ》と、いろいろに面《めん》体《てい》を換えるのを面白がったが、ある晩、三味線堀の古着屋で、藍地《あいじ》に大小あられの

---

25 **The Sign of Four** 邦題は「四つの署名」。一八九〇年に発表された推理小説。26 **ド・キンシイ** Thomas De Quincey イギリスの批評家。一七八五—一八五九年。「Murder, Considered as one of the fine arts（芸術の一分野として見た殺人）」は、一八二七年の発表。27 **Sexology** 性科学。［英語］ 28 **須弥山** 古代インドの世界観の中心にそびえる聖なる山。29 **涅槃像** ブッダが亡くなったときの姿を描いたもの。30 **白檀や沈香** ともに、香料などに用いられる常緑高木。31 **羅漢** 小乗仏教で、最高の悟りを開いた人。阿羅漢《あらかん》。32 **比丘** 出家して僧となった男性。女性の場合は「比丘尼」という。33 **優婆塞** 出家せずに仏門に入った男性。女性の場合は「優婆夷」という。34 **麒麟** 中国の想像上の動物。この動物が現れると聖人が世に出るといわれ、吉祥とされた。35 **緋毛氈** 赤色に染めた毛氈。「毛氈」は、獣の毛に熱や圧力などを加え、敷物にしたもの。フェルトとも呼ばれる。36 **唐桟** 縞《しま》模様の綿織物の一つ。通人が好んで用いた。37 **二重回し** 和服の上に着用する男性用の外套《がいとう》。

[38]小紋を散らした女物の[39]袷《あわせ》が目に付いてから、急にそれが着てみたくてたまらなくなった。

いったい私は衣服反物に対して、単に色合いが好《よ》いとか柄が粋だとかいう以外に、もっと深く鋭い愛着心を持っていた。女物に限らず、すべて美しい絹物を見たり、触れたりする時は、何となく顫《ふる》い付きたくなって、ちょうど恋人の肌の色を眺めるような快感の高潮に達することがしばしばであった。ことに私の大好きな[40]お召しや[41]縮緬《ちりめん》を、世間憚《はばか》らず、ほしいままに着飾ることのできる女の境遇を、嫉《ねた》ましく思うことさえあった。

あの古着屋の店にだらりと生々しく下がっている小紋縮緬の袷――あのしっとりした、重い冷たい布《きれ》が粘つくように肉体を包む時の心好さを思うと、私は思わず戦慄《せんりつ》した。あの着物を着て、女の姿で往来を歩いてみたい。……こう思って、私は一も二もなくそれを買う気になり、ついでに[42]友禅の[43]長襦袢《ながじゅばん》や、黒縮緬の羽織までも取りそろえた。

大柄の女が着たものと見えて、小男の私には寸法も打ってつけであった。夜が更けてがらんとした寺中がひっそりした時分、私はひそかに鏡台に向かって化粧を始めた。

黄色い生地の鼻柱へまずベットリと練りお白粉《しろい》をなすり着けた瞬間の容貌は、少しグロテスク[44]に見えたが、濃い白い粘液を平手で顔中へ万遍なく押し広げると、思ったよりものりが好く、甘い匂いのひやひやとした露が、毛孔《けあな》へ沁《し》み入る皮膚のよろこびは、格別であった。紅やとのこ[45]を塗るに従って、石膏《せっこう》のごとくただいたずらに真っ白であった私の顔が、潑剌《はつらつ》とした生色ある女の相に変わっていく面白さ。文士や画家の芸術よりも、俳優や芸者や一般の女が、日常自分の体の肉を材料として試みている化粧の技巧のほうが、遥《はる》かに興味の多いことを知った。

長襦袢、半襟[46]、腰巻き、それからチュッチュッと鳴る紅絹裏《もみうら》[47]の袂《たもと》、――私の肉体は、すべて普通の女の皮膚が味わうと同等の触感を与えられ、襟足から手頸《てくび》まで白く塗っ

---

38 **小紋**　布地に細かい模様を散らして染め出したもの。39 **袷**　裏地を付けた着物。40 **お召し**　「お召し物」の略。着物のこと。41 **縮緬**　絹織物の一つ。撚《よ》りがない糸と強い撚りのかかった糸を平織りにしたのち、縮ませたもの。42 **友禅**　「友禅染め」の略。糊《のり》を布に置き、絵模様を鮮やかに染め出したもの。43 **長襦袢**　着物と肌着の間に着る和服用の下着の一種で、着物と同じ丈のもの。44 **グロテスク**　怪奇なさま。［フランス語］grotesque　45 **とのこ**　焼いた黄土や砥石《といし》を粉末状にしたもの。しばしば、白粉《おしろい》と混ぜて化粧にも用いられた。46 **半襟**　襦袢の上に重ねてかける装飾の襟。47 **紅絹裏**　「紅絹」（紅で染めた絹布）を着物の裏地にすること。または、その裏地。

て、[48]銀杏返《いちょうがえ》しの鬘《かつら》の上にお[49]高祖頭巾《こそずきん》を冠《かぶ》り、思い切って往来の夜道へ紛れ込んでみた。雨曇りのしたうす暗い晩であった。千束《せんぞく》町、清住《きよすみ》町、竜泉寺《りゅうせんじ》町——あの辺一帯の溝の多い、淋しい街をしばらくさまよってみたが、交番の巡査も、通行人も、いっこう気が付かないようであった。甘皮を一枚張ったようにぱさぱさ乾いている顔の上を、夜風が冷ややかに撫《な》でていく。口辺を蔽《おお》うている頭巾の布が、息のために熱く潤って、歩くたびに長い縮緬の腰巻きの裾は、じゃれるように脚へ纏《もつ》れる。みぞおちから肋骨《あばら》の辺りを堅く緊《し》め付けている[50]丸帯と、骨盤の上を括《くく》っている[51]扱帯《しごき》の加減で、私の体の血管には、自然と女のような血が流れ始め、男らしい気分や姿勢はだんだんとなくなっていくようであった。

友禅の袖の陰から、お白粉を塗った手をつき出して見ると、強い頑丈な線が闇の中に消えて、白くふっくらと柔らかに浮き出ている。私は自分で自分の手の美しさに惚《ほ》れぼれとした。このような美しい手を、実際に持っている女という者が、羨ましく感じられた。芝居の[52]弁天小僧のように、こういう姿をして、さまざまの罪を犯したならば、どんなに面白いであろう。……探偵小説や、犯罪小説の読者を始終喜ばせる「秘密」「疑惑」の気分に髣髴《ほうふつ》とした心持ちで、私は次第に人通りの多い、公園の六区のほうへ歩みを運んだ。そうして、殺人とか、強盗とか、何か非常な悪事を働いた人間のように、自分を思い込むことができた。

十二階の前から、池の汀《みぎわ》について、[53]オペラ館の四つ角へ出ると、[54]イルミネーションと[55]アーク灯の光が厚化粧をした私の顔にきらきらと照って、着物の色合いや縞目《しまめ》をはっきりと読める。[56]常盤座《ときわざ》の前へ来た時、突き当たりの写真屋の玄関の大鏡へ、ぞろぞろ雑踏する群集の中に交じって、立派に女と化けおおせた私の姿が映っていた。

こってり塗り付けたお白粉の下に、「男」という秘密がことごとく隠されて、目つきも口つきも女のように動き、女のように笑おうとする。甘い[57]へん

48 **銀杏返し** 女性の髪型で、髪を束ねて左右に分け、半円状に結ったもの。 49 **お高祖頭巾** 頭部や顔の一部を包む女性用の防寒頭巾。 50 **丸帯** 女性の礼装用の帯の一種。幅の広い帯地を中央で二つ折りにし、芯を入れて縫い合わせたもの。 51 **扱帯** 女性が着物を身長に合わせてはしょるために、一枚の布をしごいて用いる腰帯。 52 **弁天小僧** 歌舞伎「青砥稿花紅彩画《あおとぞうしはなのにしきえ》」に登場する弁天小僧菊之助《きくのすけ》のこと。女装をして悪事を働く。 53 **オペラ館** 当時、浅草公園六区内にあった映画館。 54 **イルミネーション** 電飾。〔英語〕illumination 55 **アーク灯** 当時、主に街路灯として用いられた電灯。二本の炭素棒に電流を流し、放電させて発光する。 56 **常盤座** 浅草公園六区内に初めてできた劇場・映画館。 57 **へんのう** 樟脳油《しょうのうゆ》からとり、防臭剤・殺虫剤に用いた油。

銀杏返し

お高祖頭巾

のうの匂いと、囁《ささや》くような衣摺《きぬず》れの音を立てて、私の前後を擦れ違う幾人の女の群れも、皆私を同類と認めて怪しまない。そうしてその女たちの中には、私の優雅な顔の作りと、古風な衣装の好みとを、羨ましそうに見ている者もある。

　いつも見馴れている公園の夜の騒擾も、「秘密」を持っている私の目には、すべてが新しかった。どこへ行っても、何を見ても、初めて接するもののように、珍しく奇妙であった。人間の瞳を欺き、電灯の光を欺いて、濃艶な脂粉と縮緬の衣装の下に自分を潜ませながら、「秘密」の帷《とばり》を一枚隔てて眺めるために、おそらく平凡な現実が、夢のような不思議な色彩を施されるのであろう。

　それから私は毎晩のようにこの仮装をつづけて、時とすると、宮戸座[58]の立ち見や活動写真[59]の見物の間へ、平気で割って入るようになった。寺へ帰るのは十二時近くであったが、座敷に上がると早速空気ランプ[60]をつけて、疲れた体の衣装も解かず、毛氈の上へぐったり嫌らしく寝崩れたまま、残り惜しそうに絢爛《けんらん》な着物の色を眺めたり、袖口をちゃらちゃらと振ってみたりした。剝げかかったお白粉が肌理《きめ》の粗いたるんだ頬の皮へ滲《し》み着いているのを、鏡に映して凝視していると、廃頽《はいたい》した快感が古い葡萄酒《ぶどうしゅ》の酔いのように魂をそそった。地獄極楽の図を背景にして、けばけばしい長襦袢のまま、遊女のごとくなよなよと蒲団《ふとん》の上へ腹這《はらば》って、例の奇怪な書物のページを夜更くるまで翻すこともあった。次第に扮装も巧《うま》くなり、大胆にもなって、物好きな連想を醸させるために、匕首《あいくち》だの麻酔薬だのを、帯の間へ挿んでは外出した。犯罪を行わずに、犯罪に附随している美しいロマンチックの匂いだけを、十分に嗅いでみたかったのである。

そうして、一週間ばかり過ぎたある晩のこと、私は図らずも不思議な因縁から、もっと奇怪なもっと物好きな、そうしてもっと神秘な事件の端緒に出会《でくわ》した。

その晩私は、いつもよりも多量にウイスキーを呷って、[61]三友館の二階の貴賓席に上がり込んでいた。何でももう十時近くであったろう、恐ろしく混んでいる場内は、霧のような濁った空気に満たされて、黒く、もくもくとかたまって蠢動《しゅんどう》している群衆の生温かい人いきれが、顔のお白粉を腐らせるように漂っていた。暗中にシャキシャキ軋《きし》みながら目まぐるしく展開していく映画の光線の、グリグリと瞳を刺すたびごとに、

---

58 宮戸座　当時、浅草公園裏にあった小芝居の劇場。 59 活動写真　明治・大正期の映画の呼称。 60 空気ランプ　石油ランプの一種。口金の下の穴から空気を通し、燃焼しやすくした。 61 三友館　当時、浅草公園六区内にあった映画館。

私の酔った頭は破れるように痛んだ。時々映画が消えてぱっと電灯がつくと、渓底《たにそこ》から湧き上がる雲のように、階下の群衆の頭の上を浮動している煙草《たばこ》の煙の間を透かして、私は真深いお高祖頭巾の陰から、場内に溢《あふ》れている人々の顔を見回した。そうして私の旧式な頭巾の姿を珍しそうに窺《うかが》っている男や、粋な着付けの色合いを物欲しそうに盗み見ている女の多いのを、心ひそかに得意としていた。見物の女のうちで、いでたちの異様な点から、様子の婀娜《あだ》っぽい点から、ないし器量の点からも、私ほど人の目に着いた者はないらしかった。

初めは誰もいなかったはずの貴賓席の私の側《そば》の椅子《いす》が、いつの間に塞がったのかよくは知らないが、二、三度目に再び電灯がともされた時、私の左隣に二人の男女が腰をかけているのに気が付いた。

女は二十二、三と見えるが、その実六、七にもなるであろう。髪を三つ輪に結って、総身をお召しの空色のマントに包み、くっきりと水のしたたるような鮮やかな美貌ばかりを、これ見よがしに露《あら》わにしている。芸者とも令嬢とも判断のつき兼ねるところはあるが、連れの紳士の態度から推して、堅気の細君ではないらしい。

「[62]...Arrested at last...」

と、女は小声で、フィルムの上に現れた説明書き[63]を読み上げて、トルコ巻き[64]のM.C.C.の薫《かお》りの高い煙を私の顔に吹き付けながら、指に嵌《は》めている宝石よりも鋭く輝く大きい瞳を、闇の中できらりと私のほうへ注いだ。

あでやかな姿に似合わぬ太棹《ふとざお》[65]の師匠のような皺嗄《しやが》れた声、――その声は紛れもない、私が二、三年前に上海《シャンハイ》へ旅行する航海の途中、ふとしたことから汽船の中でしばらく関係を結んでいたT女であった。

女はその頃から、商売人とも素人とも区別のつかない素振りや服装を持っていたように覚えている。船中に同伴していた男と、今夜の男とはまるで風采も容貌も変わっているが、多分はこの二人の男の間を連結する無数の男が女の過去の生涯を鎖のように貫いているのであろう。ともかくその婦人が、始終一人の男から他の男へと、胡蝶《こちょう》のように飛んで歩く種類の女であることは確かであった。二年前に船で馴染《なじ》みになった時、二人はいろいろの事情から本当の氏名も名乗り合わず、境遇も住所も知らせず

62 Arrested at last. とうとうつかまっちゃったわ。 63 説明書き 無声映画で、台詞やト書きを記した字幕。
64 トルコ巻き トルコ葉を使用した巻きタバコ。 65 太棹 三味線の種類の一つで、棹が最も太いもの。義太夫《ぎだゆう》などに用いる。

にいるうちに上海へ着いた。そうして私は自分に恋い憧れている女をいい加減に欺き、こっそり跡をくらましてしまった。以来太平洋上の夢の中なる女とばかり思っていたその人の姿を、こんなところで見ようとはまったく意外である。あの時分やや小太りに肥えていた女は、神々しいまでに痩せて、すっきりとして、睫毛《まつげ》の長い潤味《うるみ》を持った円い眼《まなこ》が、拭うがごとくに冴《さ》え返り、男を男とも思わぬような凜々《りり》しい権威さえ具《そな》えている。触るるものに紅《くれない》の血が濁染《にじ》むかと疑われた生々しい唇と、耳朶《みみたぶ》の隠れそうな長い生え際ばかりは昔に変わらないが、鼻は以前よりも少し嶮《けわ》しいくらいに高く見えた。

女ははたして私に気が付いているのであろうか。どうも判然と確かめることができなかった。明かりがつくと連れの男にひそひそ戯れている様子は、傍らにいる私を普通の女と蔑んで、別段心にかけていないようでもあった。実際その女の隣にいると、私は今まで得意であった自分の扮装を卑しまないわけにはいかなかった。表情の自由な、いかにも生き生きとした妖女の魅力に気圧《けお》されて、技巧を尽くした化粧も着付けも、醜く浅ましい化け物のような気がした。女らしいという点からも、美しい器量からも、私はとうてい彼女の競争者ではなく、月の前の星のようにはかなく萎《しお》れてしまうのであった。

朦々《もうもう》と立ち罩《こ》めた場内の汚れた空気の中に、曇りのない鮮明な輪郭をくっきりと浮かばせて、マントの陰からしなやかな手をちらちらと、魚のように泳がせているあでやかさ。男と対談する間にも時々夢のような瞳を上げて、天井を仰いだり、眉根を寄せて群衆を見下ろしたり、真っ白な歯並みを見せて微笑《ほほえ》んだり、そのたびごとにまったく別趣の表情が、溢れんばかりに湛《たた》えられる。いかなる意味をも鮮やかに表し得る黒い大きい瞳は、場内の二つの宝石のように、遠い階下の隅からも認められる。顔面のすべての道具が単に物を見たり、嗅いだり、聞いたり、語ったりする機関としては、あまりに余情に富み過ぎて、人間の顔というよりも、男の心を誘惑する甘味ある餌食であった。

もう場内の視線は、一つも私のほうに注がれていなかった。愚かにも、私は自分の人気を奪い去ったその女の美貌に対して、嫉妬と憤怒《ふんぬ》を感じ始めた。かつては自分が弄んでほしいままに棄《す》ててしまった女の容貌の魅力に、たちまち光を消されて踏み付けられていく悔やしさ。ことによると女は私を認めていながら、わざと皮肉な復讐《ふくしゅう》をしているのではないであろうか。

私は美貌を羨む嫉妬の情が、胸の中で次第次第に恋慕の情に変わっていくのを覚えた。女としての競争に敗れた私は、今一度男として彼女を征服して勝ち誇ってやりたい。こう思うと、抑え難い欲望に駆られてしなやかな女の体を、いきなりむずと鷲摑《わしづか》みにして、揺す振ってみたくもなった。

君は予の誰《たれ》なるかを知りたまうや。今夜久し振りに君を見て、予は再び君を恋し始めたり。今一度、予と握手したまうお心はなきか。明晩もこの席に来て、予を待ちたまうお心はなきか。予は予の住所を何人《なんぴと》にも告げ知らすことを好まねば、ただ願わくは明日の今頃、この席に来て予を待ちたまえ。

闇に紛れて私は帯の間から半紙と鉛筆を取り出し、こんな走り書きをしたものをひそかに女の袂《たもと》へ投げ込んだ、そうして、またじっと先方の様子を窺《うかが》っていた。十一時頃、活動写真の終わるまでは女は静かに見物していた。観客が総立ちになってどやどやと場外へ崩れ出す混雑の際、女はもう一度、私の耳元で、

「...Arrested at last...」

と囁《ささや》きながら、前よりも自信のある大胆な凝視を、私の顔にしばらく注いで、やがて男と一緒に人ごみの中へ隠れてしまった。

「…Arrested at last…」

女はいつの間にか自分を見付け出していたのだ。こう思って私は竦然《しょうぜん》とした。それにしても明日の晩、素直に来てくれるであろうか。大分昔よりは年功を経ているらしい相手の力量を測らずに、あのような真似《まね》をして、かえって弱点を握られはしまいか。いろいろの不安と疑惧《ぎぐ》に挟《さしはさ》まれながら私は寺へ帰った。

いつものように上着を脱いで、長襦袢一枚になろうとする時、ぱらりと頭巾の裏から四角にたたんだ小さい洋紙の切れが落ちた。

「Mr. S. K.」

と書き続けたインキの痕をすかして見ると、[66]玉甲斐絹《たまかいき》のように光っている。まさしく彼女の手であった。見物中、一、二度小用に立ったようであったが、早くもその間に、

66　玉甲斐絹　「甲斐絹」は、経糸《たていと》と緯糸《よこいと》を一対二の割合にして織った絹織物。その経緯に、玉繭《たままゆ》からとった玉糸を使用したのが「玉甲斐絹」。

返事をしたためて、人知れず私の襟元へさし込んだものと見える。

思いがけなきところにて思いがけなき君の姿を見申し候《そうろう》。たとい装いを変えたまうとも、三年このかた夢寐《むび》にも忘れぬ御面影を、いかで見逃し候《そうろ》うべき。妾《わらわ》は始めより頭巾の女の君なることを承知仕《つかまつ》り候。それにつけても相変わらず物好きなる君にておわせしことのおかしさよ。妾に会わんと仰せらるるも多分はこの物好きのおん興じにやと心許《こころもと》なく存じ候《そうら》えども、あまりの嬉《うれ》しさにとかくの分別も出《い》でず、ただ仰せに従い明夜は必ずお待ち申すべく候。ただし、妾に少々都合もあり、考えもこれあり候えば、九時より九時半までの間に雷門《かみなりもん》[67]までお出で下されまじくや。そこにて当方より差し向けたるお迎いの車夫が、必ず君を見つけ出して拙宅へご案内致すべく候。君の御住所を秘《かく》したまうと同様に、妾も今の在り家をお知らせ致さぬ所存にて、車上の君に目隠しをしてお連れ申すよう取りはからわせ候間《あいだ》、右御許し下されたく、もしこの一事をご承引下され候わずば、妾は永遠に君を見ることかなわず、これに過ぎたる悲しみはこれなく候。

私はこの手紙を読んでいくうちに、自分がいつの間にか探偵小説中の人物となり終《おお》せているのを感じた。不思議な好奇心と恐怖とが、頭の中で渦を巻いた。女が自分の性癖を呑《の》み込んでいて、わざとこんな真似をするのかとも思われた。

明くる日の晩は素晴らしい大雨であった。私はすっかり服装を改めて、[68]対《つい》の大島の上に[69]ゴム引きの外套《がいとう》を纏《まと》い、ざぶん、ざぶんと、[70]甲斐絹張りの洋傘に、滝のごとくたたきつける雨の中を戸外《おもて》へ出た。新堀の溝が往来一円に溢れているので、私は足袋を懐へ入れたが、びしょびしょに濡《ぬ》れた素足が家並みのランプに照らされて、ぴかぴか光っていた。夥《おびただ》しい雨量が、天からざあざあと直瀉《ちょくしゃ》する喧囂《けんごう》の中に、何もかも打ち消されて、ふだん賑やかな広小路の通りも大概雨戸を締め切り、二、三人の臀端折《しりはしょ》りの男が、敗走した兵士のように駆け出していく。電車が時々レールの上に溜《た》まった水をほとばしらせて通る外は、ところどころの電柱や広告のあかりが、朦朧たる雨の空中

67 **雷門**　浅草寺の山門。現在の台東区浅草にある。68 **対の大島**　「大島」は大島紬《つむぎ》の略。鹿児島《かごしま》県奄美《あまみ》群島の特産品で、手で紡いだ絹糸を泥染めにし、手織りした絹布。「対」は、羽織と着物を共生地で作ること。69 **ゴム引きの外套**　普通の布地の上に、ゴム素材でコーティングした外套。70 **甲斐絹張りの洋傘**　「甲斐絹」を張った洋傘で、光沢があり高級品とされた。

をぼんやり照らしているばかりであった。

外套から、手首から、肘の辺りまで水だらけになって、ようやく雷門へ来た私は、雨中にしょんぼり立ち止まりながらアーク灯の光を透かして、四辺《あたり》を見回したが、一つも人影は見えない。どこかの暗い隅に隠れて、何物かが私の様子を窺っているのかも知れない。こう思ってしばらく彳《たたず》んでいると、やがて吾妻《あずま》橋のほうの暗闇から、赤い提灯《ちょうちん》の火が一つ動き出して、がらがらがらと街鉄[71]の敷き石の上を駛走《しそう》してきた旧式な相乗りの俥《くるま》がぴたりと私の前で止まった。

「旦那《だんな》、お乗んなすって下さい。」

深い饅頭笠《まんじゆうがさ》[72]に雨合羽《あまがっぱ》を着た車夫の声が、車軸を流す雨の響きの中に消えたかと思うと、男はいきなり私の後ろへ回って、羽《は》二重《ぶたえ》[73]の布を素早く私の両眼の上へ二回りほど巻きつけて、蟀谷《こめかみ》の皮がよじれるほど強く緊《し》め上げた。

「さあ、お召しなさい。」

こう言って男のざらざらした手が、私を摑んで、あわただしく俥の上へ乗せた。しめっぽい匂いのする幌《ほろ》の上へ、ぱらぱらと雨の注ぐ音がする。疑いもなく私の隣には女が一人乗っている。お白粉の薫《かお》りと暖かい体温が、幌の中へ蒸すように罩《こも》っていた。

轅《ながえ》[74]を上げた俥は、方向を晦《くら》ますために一つところをくるくると二、三度回って走り出したが、右へ曲がり、左へ折れ、どうかするとLabyrinth[75]の中をうろついているようであった。時々電車通りへ出たり、小さな橋を渡ったりした。

長い間、そうして俥に揺られていた。隣に並んでいる女はもちろんT女であろうが、黙って身じろぎもせずに腰かけている。多分私の目隠しが厳格に守られるか否かを監督するために同乗しているものらしい。しかし、私は他人の監督がなくても、決してこの目隠しを取り外す気はなかった。海の上で知り合いになった夢のような女、大雨の晩の幌の中、夜の都会の秘密、盲目、沈黙――すべての物が一つになって、渾然《こんぜん》たるミステリーの靄《もや》の裡《うち》に私を投げ込んでしまっている。やがて女は固く結んだ私の唇を分けて、口の中へ巻き煙草を挿し込んだ。そうしてマッチを擦って火をつけてくれた。

一時間ほど経《た》って、ようやく俥は停《と》まった。再びざ

71 街鉄　東京市街鉄道株式会社の略称。一九〇三年設立。　72 饅頭笠　頂が丸くて浅い、饅頭の形を思わせるかぶり笠。　73 羽二重　経糸を細い二本にして織った織物。柔らかく光沢がある。　74 轅　人力車などの、前方に長く差し出した二本の腕。　75 Labyrinth　迷宮。［英語］

饅頭笠

轅

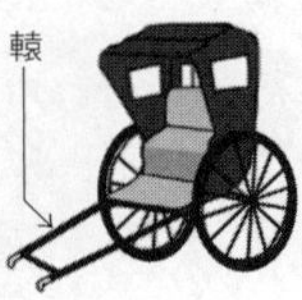

らざらした男の手が私を導きながら狭そうな路次を二、三間《げん》[76]行くと、裏木戸のようなものをギーと開けて家の中へ連れていった。

目を塞がれながら一人座敷に取り残されて、しばらく座っていると、間もなく襖《ふすま》の開く音がした。女は無言のまま、人魚のように体《たい》を崩して擦り寄りつつ、私の膝の上へ仰向きに上半身を靠《もた》せかけて、そうして両腕を私の項《うなじ》に回して羽二重の結び目をはらりと解いた。

部屋は八畳くらいもあろう。普請といい、装飾といい、なかなか立派で、木柄《きがら》[77]なども選んではあるが、ちょうどこの女の身分が分からぬと同様に、待合《まちあい》[78]とも、妾宅《しょうたく》とも、上流の堅気な住まいとも見極めがつかない。一方の縁側の外にはこんもりとした植え込みがあって、その向こうは板塀に囲われている。ただこれだけの眼界では、この家が東京のどの辺にあたるのか、おおよその見当すら分からなかった。

「よく来て下さいましたね。」

こう言いながら、女は座敷の中央の四角な紫檀《したん》[79]の机へ身を靠せかけて、白い両腕を二匹の生き物のように、だらりと卓上に匍《は》わせた。襟のかかった渋い縞お召しに腹合[80]わせ帯をしめて、銀杏返しに結っている風情の、昨夜と恐ろしく趣が変わっているのに、私はまず驚かされた。

「あなたは、今夜あたしがこんなふうをしているのはおかしいと思っていらっしゃるんでしょう。それでも人に身分を知らせないようにするには、こうやって毎日身なりを換えるより外にしかたがありませんからね。」

卓上に伏せてある洋盃《コップ》を起こして、葡萄酒を注《つ》ぎながら、こんなことを言う女の素振りは、思ったよりもしとやかに打ち萎れていた。

「でもよく覚えていて下さいましたね。上海《シャンハイ》でお別れしてから、いろいろの男と苦労もしてみましたが、妙にあなたのことを忘れることができませんでした。もう今度こそは私を棄てないで下さいまし。身分も境遇も分からない、夢のような女だと思って、いつまでもお付き合いなすって下さい。」

女の語る一言一句が、遠い国の歌のしらべのように、哀韻を含んで私の胸に響いた。昨夜のような派手な勝気な悧発《りはつ》な女が、どうしてこういう憂鬱な、殊勝な姿を見せる

76 **間** 長さの単位。一間は、約一・八メートル。77 **木柄** 木の品質。78 **待合** 待ち合わせや会合の場所を提供する貸し席業。芸妓《げいぎ》との遊興・飲食のために利用された。79 **紫檀** マメ科の常緑小高木。木目が美しく堅いことから、家具材として重用される。80 **腹合わせ帯** 表と裏で異なる布地を合わせて仕立てた女物の帯。

ことができるのであろう。さながら万事を打ち捨てて、私の前に魂を投げ出しているようであった。

「夢の中の女」「秘密の女」、朦朧とした、現実とも幻覚とも区別の付かないLove[18] adventureの面白さに、私はそれから毎晩のように女のもとに通い、夜半《よなか》の二時頃まで遊んでは、また目隠しをして、雷門まで送り返された。一月も二月も、お互いに所を知らず、名を知らずに会見していた。女の境遇や住宅を捜《さぐ》り出そうという気は少しもなかったが、だんだん時日がたつに従い、私は妙な好奇心から、自分を乗せた俥がはたして東京のどっちの方面に二人を運んでいくのか、自分の今目を塞がれて通っているところは、浅草からどの辺に当たっているのか、ただそれだけを是非とも知ってみたくなった。三十分も一時間も、時とすると一時間半もがらがらと市街を走ってから、轅を下ろす女の家は、案外雷門の近くにあるのかも知れない。私は毎夜俥に揺す振られながら、ここかしこかと心の中に臆測を廻《めぐ》らすことを禁じ得なかった。

ある晩、私はとうとうたまらなくなって、

「ちょっとでもいいから、この目隠しを取ってくれ。」

と俥の上で女にせがんだ。

「いけません、いけません。」

と、女は慌てて、私の両手をしっかり抑えて、その上へ顔を押しあてた。

「どうぞそんな我がままを言わないで下さい。ここの往来はあたしの秘密です。この秘密を知られればあたしはあなたに捨てられるかも知れません。」

「どうして私に捨てられるのだ。」

「そうなれば、あたしはもう『夢の中の女』ではありません。あなたは私を恋しているよりも、夢の中の女を恋しているのですもの。」

いろいろに言葉を尽くして頼んだが、私は何と言っても聴き入れなかった。

「しかたがない、そんなら見せて上げましょう。……その代わりちょっとですよ。」

女は嘆息するように言って、力なく目隠しの布を取りながら、

「ここがどこだか分かりますか。」

と、心許《こころもと》ない顔つきをした。

美しく晴れ渡った空の地色は、妙に黒ずんで星が一面にきらきらと輝き、白い霞《かすみ》の

81 Love adventure 不倫。アバンチュール。［英語］

ような天の川が果てから果てへ流れている。狭い道路の両側には商店が軒を並べて、灯火の光が賑《にぎ》やかに町を照らしていた。

　不思議なことには、かなり繁華な通りであるらしいのに、私はそれがどこの街であるか、さっぱり見当が付かなかった。俥はどんどんその通りを走って、やがて一、二町先の突き当たりの正面に、精美堂と大きく書いた印形屋《いんぎょうや》[82]の看板が見え出した。私が看板の横に書いてある細い文字の町名番地を、俥の上で遠くから覗《のぞ》き込むようにすると、女はたちまち気が付いたか、

「あれっ。」

と言って、再び私の目を塞いでしまった。

　賑やかな商店の多い小路で突きあたりに印形屋の看板の見える街、――どう考えてみても、私は今まで通ったことのない往来の一つに違いないと思った。子供時代に経験したような謎の世界の感じに、再び私は誘《いざな》われた。

「あなた、あの看板の字が読めましたか。」

「いや読めなかった。いったいここはどこなのだか私にはまるで分からない。私はお前の生活については三年前の太平洋の波の上のことばかりしか知らないのだ。私はお

前に誘惑されて、何だか遠い海の向こうの、幻の国へ連れてこられたように思われる。」

私がこう答えると、女はしみじみとした悲しい声で、こんなことを言った。

「後生だからいつまでもそういう気持ちでいて下さい。幻の国に住む、夢の中の女だと思っていて下さい。もう二度と再び、今夜のような我がままを言わないで下さい。」

女の目からは、涙が流れているらしかった。


その後しばらく、私は、あの晩女に見せられた不思議な街の光景を忘れることができなかった。灯火のかんかんともっている賑やかな狭い小路の突き当たりに見えた印形屋の看板が、頭にはっきりと印象されていた。何とかして、あの町の在りかを捜し出そうと苦心したあげく、私はようやく一策を案じ出した。

長い月日の間、毎夜のように相乗りをして引き擦り回されているうちに、雷門で俥がくるくると一つところを回る度数や、右に折れ左に曲る回数まで、一定してきて、私はいつともなくその塩梅《あんばい》を覚え込んでしまった。ある朝、私は雷門の角へ立って目

82 印形屋　印章を売る店。

をつぶりながら二、三度ぐるぐると体を回した後、このくらいだと思う時分に、俥と同じくらいの速度で一方へ駆け出してみた。ただいい加減に時間を見はからってあちこちの横町を折れ曲がるより外の方法はなかったが、ちょうどこの辺と思うところに、予想のごとく、橋もあれば、電車通りもあって、確かにこの道に相違ないと思われた。

道は最初雷門から公園の外郭を回って千束町に出て、竜泉寺町の細い通りを上野のほうへ進んでいったが、車坂下でさらに左へ折れ、御《お》徒町《かちまち》の往来を七、八町[83]も行くとやがてまた左へ曲がり始める。私はそこでハタとこの間の小路にぶつかった。なるほど正面に印形屋の看板が見える。

それを望みながら、秘密の潜んでいる巌窟《がんくつ》の奥を究めでもするように、つかつかと進んでいったが、つきあたりの通りへ出ると、思いがけなくも、そこは毎晩夜店の出る下谷《したや》竹町の往来の続きであった。いつぞや小紋の縮緬を買った古着屋の店もつい二、三間先に見えている。不思議な小路は、三味線堀と仲御徒町の通りを横に繋《つな》いでいる街路であったが、どうも私は今までそこを通った覚えがなかった。さんざん私を悩ました精美堂の看板の前に立って、私はしばらく佇《たたず》んでいた。燦爛《さんらん》とした星の空を戴《いただ》いて夢のような神秘な空気に蔽われながら、赤い灯火を湛えている夜の趣とはまったく異なり、秋の日にかんかん照り付けられて乾涸《ひから》びている貧相な家並みを見ると、何だか一時にがっかりして興が覚めてしまった。

抑え難い好奇心に駆られ、犬が路上の匂いを嗅ぎつつ自分の棲《す》み家《か》へ帰るように、私はまたそこから見当をつけて走り出した。

道は再び浅草区へ入って、小島町から右へ右へと進み、菅橋《すがばし》の近所で電車通りを越え、代地《だいち》河岸を柳橋のほうへ曲がって、ついに両国の広小路へ出た。女がいかに方角を悟らせまいとして、大迂《だいう》廻《かい》をやっていたかが察せられる。薬研堀《やげんぼり》、久松町、浜町と来て蠣浜橋《かきはまばし》を渡ったところで、急にその先が分からなくなった。

なんでも女の家《うち》は、この辺の路次にあるらしかった。一時間ばかりかかって、私はその近所の狭い横町を出つ入りつした。

ちょうど道了権現《どうりょうごんげん》の向かい側の、ぎっしり並んだ家と家との庇間《ひあわい》を分けて、ほとんど目につかないような、細い、ささやかな小路のあるのを見つけ出した時、私は直覚的に女の家がその奥に潜んでいることを知った。中へ入っていくと右側の二、三軒目

83 町　距離の単位。一町は、約一〇九メートル。

の、見事な洗い出しの板塀[84]に囲まれた二階の欄干から、松の葉越しに女は死人のような顔をして、じっとこちらを見おろしていた。

思わず嘲るような瞳を挙げて、二階を仰ぎ見ると、むしろ空惚《そらとぼ》けて別人を装うもののごとく、女はにこりともせずに私の姿を眺めていたが、別人を装うても訝《あや》しまれぬくらい、その容貌は夜の感じと異なっていた。たった一度、男の乞いを許して、目隠しの布を弛《ゆる》めたばかりに、秘密を発《あば》かれた悔恨、失意の情が見る見る色に表れて、やがて静かに障子の陰へ隠れてしまった。

女は芳野《よしの》というその界隈での物持ちの後家であった。あの印形屋の看板と同じように、すべての謎は解かれてしまった。私はそれきりその女を捨てた。

二、三日過ぎてから、急に私は寺を引き払って田端《たばた》[85]のほうへ移転した。私の心はだんだん「秘密」などという手ぬるい淡い快感に満足しなくなって、もっと色彩の濃い、血だらけな歓楽を求めるように傾いていった。

84 洗い出しの板塀　板の表面をこすり、洗って木目を浮き出させた塀。　85 田端　現在の東京都北区の町名。

文章読本（抄）

発表——一九三四（昭和九）年
高校国語教科書初出——一九七四（昭和四九）年
大修館書店『新現代国語 三下』

一　文章とは何か

○言語と文章

人間が心に思うことを他人に伝え、知らしめるのには、いろいろな方法があります。たとえば悲しみを訴えるのには、悲しい顔つきをしても伝えられる。物が食いたい時は手《て》真似《まね》で食う様子をしてみせても分かる。その外、泣くとか、呻《うな》るとか、叫ぶとか、睨《にら》むとか、嘆息するとか、殴るとかいう手段もありまして、急な、激しい感情を一息に伝えるのには、そういう原始的な方法のほうが適する場合もありますが、しかしやや細かい思想を明瞭に伝えようとすれば、言語によるより外はありません。言語がないとどんなに不自由かということは、日本語の通じない外国へ旅行してみると分かります。

なおまた、言語は他人を相手にする時ばかりでなく、独りで物を考える時にも必要であります。われわれは頭の中で「これをこうして」とか「あれをああして」とかいうふうに独りごとを言い、自分で自分に言い聴かせながら考える。そうしないと、自分の思っていることがはっきりせず、纏《まと》まりがつきにくい。皆さんが算術や幾何の問題を考えるのにも、必ず頭の中で言語を使う。われわれはまた、孤独を紛らすために自分で自分に話しかける習慣があります。強いて物を考えようとしないでも、独りでぽつねんとしている時、自分の中にあるもう一人の自分が、ふと囁《ささや》きかけてくることがあります。それから、他人に話すのでも、自分の言おうとすることを一遍心で言ってみて、しかる後口に出すこともあります。普通われわれが英語を話す時は、まず日本語で思い浮かべ、それを頭の中で英語に訳してからしゃべりますが、母国語で話す時でも、むずかしい事柄を述べるのには、しばしばそういうふうにする必要を感じます。されば言語は思想を伝達する機関であると同時に、思想に一つの形態を与える、纏まりをつける、という働きを持っております。

そういうわけで、言語は非常に便利なものでありますが、しかし人間が心に思っていることなら何でも言語で表せる、言語をもって表白できない思想や感情はない、というふうに考えたら間違いであります。今も言うように、泣いたり、笑ったり、叫んだりするほうが、かえってその時の気持ちにぴったり当てはまる場合がある。黙ってさめざめと涙を流しているほうが、くどくど言葉を費すよりも千万無量の思いを伝える。もっと簡単な例を挙げますと、鯛《たい》を食べたことのない人に鯛の味を分からせるように説明しろと言ったらば、皆さんはどんな言葉を選びますか。おそらくどんな言葉をもっても言い表す方法がないでありましょう。さように、たった一つの物の味でさえ伝えることができないのでありますから、言語というものは案外不自由なものでもあります。のみならず、思想に纏まりをつけるという働きがある一面に、思想を一定の型に入れてしまうという欠点があります。たとえば紅《あか》い花を見ても、各人がそれを同じ色に感ずるかどうかは疑問でありまして、目の感覚のすぐれた人は、その色の中に常人には気が付かない複雑な美しさを見るかも知れない。その人の目に感ずる色は、普通の「紅い」という色とは違うものであるかも知れない。しかしそういう場合にそれを言葉で表そうとすれば、とにかく「紅」に一番近いのでありますから、やはりその人は「紅い」と言うでありましょう。つまり「紅い」という言葉があるために、その人のほんとうの感覚とは違ったものが伝えられる。言葉がなければ伝えられないだけのことでありますが、あるために害をすることがある。これは後[1]に詳しく説く機会がありますから、今はこれ以上申しませんが、返す返すも言語は万能なものでないこと、その働きは不自由であり、時には有害なものであることを、忘れてはならないのであります。

次に、言語を口で話す代わりに、文字で示したものが文章であります。少数の人を相手にする時は口で話したら間に合いますが、多数を相手にする時はいちいち話すのが面倒であります。また、口で言う言葉はその場限りで消えてしまうのでありますから、長く伝えることができない。そこで言語を文章の形にして、大勢の人に読んでもらい、または後まで残すという必要が生じたわけであります。ですから言語と文章とはもともと同じものでありまして、「言語」という中に「文章」を含めることもあります。厳密に言えば、「口で話される言葉」と「文字で書かれる言葉」というふうに区別したほうがよいかも知れません。が、同じ言葉でもすでに文字で書かれる以上は、口で話されるものとは自然違ってこないはずはありません。小説家の佐藤春夫[2]氏は「文章は口でしゃべる通りに書け。」という主義を主張したことがありましたが、仮にしゃべる通りを書いたとしましても、文字に記したものを目で読むのと、それが話されるのを直接に聞くのとは、感じ方に違いがあります。口で話される場合には、その人の声音《こわね》とか、言葉と言葉の間《ま》とか、目つき、顔つき、身振り、手真似《てまね》などが入ってきますが、文章にはそういう要素がない代わりに、文字の使い方やその他いろいろな方法でそれを補い得る長所があります。なおまた口で話すほうは、その場で感動させることを主眼としますが、文章のほうはなるたけその感銘が長く記憶されるように書きます。したがって、口でしゃべる術と文章を綴る術とは、それぞれ別の才能に属するのでありまして、話の上手な人が必ず文章が巧《うま》いというわけには行きません。

○　実用的な文章と芸術的な文章

私は、文章に実用的と芸術的との区別はないと思います。文章の要は何かと言えば、自分の心の中にあること、自分の言いたいと思うことを、できるだけその通りに、かつ明瞭に伝えることにあるのでありまして、手紙を書くにも小説を書くにも、別段そ

1 後に詳しく説く機会　本書では割愛した。　2 佐藤春夫　詩人、小説家。一八九二―一九六四年。

れ以外の書きようはありません。昔は「華を去り実に就く」のが文章の本旨だとされたことがありますが、それはどういうことかと言えば、余計な飾り気を除いて実際に必要な言葉だけで書く、ということであります。そうしてみれば、最も実用的なものが、最もすぐれた文章であります。

明治時代には、実用に遠い美文体という一種の文体がありまして、競ってむずかしい漢語を連ね、語調のよい、綺麗《きれい》な文字を使って、景を叙したり情を述べたりすることがはやりました。ここにこんな文章がありますが、これを一つ読んで御覧なさい。

[3]南朝の年号延元三年八月九日より、[4]吉野《よしの》の主上御不予の御事ありけるが、次第に重らせたまふ。[5]医王善逝《ぜんぜい》の誓約も、祈るにその験《しるし》なく、[6]耆婆《きば》・扁鵲《へんじやく》が霊薬も、施すにその験おはしまさず。（中略）左の御手に法華経《ほけきやう》の五の巻を持たせたまひ、右の御手には御剣《ぎよけん》を按《あん》じて、八月十六日の[7]丑《うし》の刻に、遂に崩御なりにけり。悲しいかな、[8]北辰《ほくしん》位高くして、百官星のごとくに列《つら》なるといへども、[9]九泉の旅の路《みち》には供奉《ぐぶ》つかまつる臣一人もなし。いかんせん、[10]南山の地さがりにして、万卒雲のごとくに集まるといへども、無常の敵の来たるをば禦《ふせ》ぎ止《とど》むる兵《つはもの》さらになし。た

だ[11]中流《ちゆうる》に船を覆《くつがへ》して[12]一壺《いつこ》の波に漂ひ、暗夜に灯《ともしび》消えて[13]五更の雨に向かふがごとし。（中略）土墳[14]数尺《すしやく》の草、[15]一径涙《なんだ》尽きて愁《うれ》へいまだ尽きず。旧臣・后妃《こうひ》泣く泣く[16]鼎湖《ていご》の雲を瞻望《せんばう》して、恨みを天辺の月に添へ、[17]覇陵《はりよう》の風に[18]夙夜《しゆくや》して、別れを夢《む》裡《り》の花に慕ふ。哀なりし御事なり。

これは[19]『太平記』の後醍醐《ごだいご》天皇崩御のくだりの一節でありまして、これを書いた南北朝時代においては一種の名文だったでありましょうし、この中にあるいろいろなむ

3 **南朝の年号延元三年** 一三三八年。「延元」は、南北朝時代に南朝で使用された年号。4 **吉野の主上** 後醍醐《ごだいご》天皇。在位、一三一八—三九年。一三三三年、鎌倉《かまくら》幕府を倒して建武新政を実施したが、足利尊氏《あしかがたかうじ》の離反に遭い、吉野（現在の奈良県南部）に入って南朝政権を樹立した。5 **医王善逝** 薬師如来。6 **耆婆・扁鵲** 「耆婆」はインドの、「扁鵲」は中国の名医。7 **丑の刻** 午前二時頃。8 **北辰** 北極星。天子の位にたとえられる。9 **九泉** 死の世界。冥途。10 **南山の地さがりにして** 吉野山は僻遠《へきえん》の地であり。11 **中流** 川の中ほどの流れ。12 **一壺の波に漂ひ** 一つの壺《つぼ》にすがって流れを漂い。13 **五更** 午前三時から五時頃、または午前四時から六時頃。14 **数尺** 「尺」は長さの単位。一尺は、約三〇センチメートル。15 **一径** 一本の小道（をたどり来て）。16 **鼎湖** 中国で伝説上の帝王・黄帝《こうてい》が、竜に乗って昇天したとされる湖。17 **覇陵** 漢の文帝（在位、前一八〇—前一五七年）の陵墓。18 **夙夜** 朝から晩まで、同様に過ごすこと。19 **『太平記』** 南北朝時代の軍記物語。作者は未詳。応安年間（一三六八—七五年）の成立とされる。鎌倉時代末期から南北朝時代中期までの約五〇年間の争乱を、華麗な和漢混交文で描く。

ずかしい漢語にも、定めし実感が籠もっていたことでありましょう。まして帝王の崩御を叙するのでありますから、荘厳な文字を連ねることも、かかる場合は儀礼にかなうわけであります。私は子供の時分に、『太平記』のこのくだりを非常な名文であると教えられ、「土墳数尺の草、一径涙尽きて愁へいまだ尽きず。旧臣・后妃泣く泣く鼎湖の雲を瞻望して」というあたりは、今も暗記しているくらいに愛誦《あいしょう》したのでありますが、明治時代の美文というものはこういう文体から脈を引き、その言い回しを学んだものでありました。その時分は小学校の作文でも、こういう漢語を苦心して捜し出したり寄せ集めたりする稽古をしたもので、天長節[20]の祝辞だとか、卒業式[21]の答辞だとか、観桜の記だとかいう文章は、皆この文体で綴ったのでありますが、昔は知らず、現代の人間には、これではあまり装飾が勝ち過ぎて自分の思想や感情を表現するのに不便であります。ですからその後この文体は次第に滅んでしまいましたが、実用的でない文章といえば、まずこういうふうなものより外に考えることができません。

　ここでちょっとお断りしておきますが、文章というものを二つに分けて、韻文と散文とに区別することがあります。韻文とは何かといえば、詩や歌のことでありまして、これは人間が心の中にあることを他に伝達するのみでなく、自《みずか》ら詠嘆の情を籠めて謡《うた》うように作ったもの、したがって謡いやすいように字の数や音の数を定め、その規則に当てはめて綴るのでありますから、なるほど文章の一種ではありますけれども、普通の文章とは多少目的が違うだけに、それはそれとして特別な発達を遂げております。で、実用的でなくてしかも芸術的な文章というものがあるとすれば、この韻文がまさしくそれに当たりますけれども、私がこの本の中で説こうとするものは、韻文でない文章、すなわち散文のことでありますから、それは予《あらかじ》め御承知を願っておきます。

そこで、韻文でない文章だけについて言えば、実用的と芸術的との区別はありません。芸術的な目的で作られる文章も、実用的に書いたほうが効果があります。昔は口でしゃべることをそのままに書かず、文章の時は口語と違った言い方をしまして、言葉遣いなども、民間の俗語を用いては礼に欠けていると思い、わざと実際に遠くするように修飾を加えた時代がありますので、あの美文のようなものが役に立ったこともありますけれども、今日はそういう時代でない。現代の人は、どんなに綺麗な、音調

20 天長節　天皇の誕生日を祝った祝日。一八七三年に国の祝日とされた。21 卒業式の答辞　卒業生が在校生の祝辞に対して答える言葉。

のうるわしい文字を並べられても、実際の理解が伴わなければ美しいと感じない。礼儀ということも、全然重んじないのではないが、高尚優美な文句を聞かされたからといって、それを礼儀とは受け取らない。第一われわれの心の働きでも、生活の状態でも、外界の事物でも、昔に比べればずっと変化が多くなり、内容が豊富に、精密になっておりますから、字引きを漁《あさ》って昔の人が使いふるした言葉を引っ張ってきたところで、現代の思想や感情や社会の出来事には当てはまらない。それで、実際のことが理解されるように書こうとすれば、なるべく口語に近い文体を用いるようにし、俗語でも、新語でも、ある場合には外国語でも、何でも使うようにしなければならない。つまり韻文や美文では、分からせるということ以外に、目で見て美しいことと耳で聞いて快いこととが同様に必要な条件でありましたが、現代の口語文では、もっぱら「分からせる」「理解させる」ということに重きを置く。他の二つの条件も備わっていればいるに越したことはありませんけれども、それにこだわっていては間に合わない。実に現代の世相はそれほど複雑になっているのでありまして、分からせるように書くという一事で、文章の役目は手一杯なのであります。

文章をもって表す芸術は小説でありますが、しかし芸術というものは生活を離れて存在するものではなく、ある意味では何よりも生活と密接な関係があるのでありますから、小説に使う文章こそ最も実際に即したものでなければなりません。もし皆さんが小説には何か特別な言い方や書き方があるとお思いになるのでしたら、試みに現代の小説をどれでもよいから読んで御覧なさい。小説に使う文章で、他のいわゆる実用に役立たない文章はなく、実用に使う文章で、小説に役立たないものはないということが、じきお分かりになるのであります。次に小説の文章の例として志賀直哉《なおや》[22]氏の『城の崎《き》にて』[23]の一節を引用してみましょう。

　自分の部屋は二階で隣のない割に静かな座敷だった。読み書きに疲れるとよく縁の椅子《いす》に出た。脇が玄関の屋根で、それが家へ接続するところが羽目になっている。その羽目の中に蜂の巣があるらしい、虎斑《とらふ》[24]の大きな肥《ふと》った蜂が天気さえよければ朝から暮れ近くまで毎日忙しそうに働いていた。蜂は羽目のあわいから、す

22 志賀直哉　小説家。一八八三—一九七一年。簡潔・明晰な文体によるリアリズムを追求した。23『城の崎にて』一九一七年発表。交通事故で九死に一生を得た主人公が、ハチ、ネズミ、イモリなど身近な動物の死に託して死生観を語る心境小説。24 虎斑　虎のように、黄褐色の地に太く黒いしまのある毛並みや模様。

りぬけて出るとひとまず玄関の屋根に下りた。そこで羽根や触角を前足や後ろ足で丁寧に調べると少し歩きまわるやつもあるが、すぐ細長い羽根を両方へシッカリと張ってぶーんと飛び立つ。飛び立つと急に早くなって飛んでいく。植え込みの八つ手[25]の花がちょうど満開で蜂はそれに群らがっていた。自分は退屈するとよく欄干から蜂の出入りを眺めていた。

ある朝のこと、自分は一匹の蜂が玄関の屋根で死んでいるのを見つけた。足は腹の下にちぢこまって、触角はダラシなく顔へたれ下がってしまった。他の蜂はいっこう冷淡だった。巣の出入りに忙しくその脇を這《は》いまわるがまったく拘泥する様子はなかった。忙しく立ち働いている蜂はいかにも生きているものという感じを与えた。その脇に一匹、朝も昼も夕も見るたびに一つ所にまったく動かずに俯向《うつむ》きに転がっているのを見ると、それがまたいかにも死んだものという感じを与えるのだ。それは三日ほどそのままになっていた。それは見ていていかにも静かな感じを与えた。淋《さび》しかった。他の蜂が皆巣に入ってしまった日暮れ、冷たい瓦の上に一つ残った死骸を見ることは淋しかった。しかしそれはいかにも静かだった。

故芥川龍之介《あくたがわりゅうのすけ》[26]氏はこの『城の崎にて』を志賀氏の作品中の最もすぐれたものの一つに数えていましたが、こういう文章は実用的でないと言うことができましょうか。ここには温泉へ湯治に来ている人間が、宿の二階から蜂の死骸を見ている気持ちと、その死骸の様子とが描かれているのですが、それが簡単な言葉で、はっきりと表されています。ところで、こういうふうに簡単な言葉で明瞭にものを描き出す技量が、実用の文章においても同様に大切なのであります。この文章の中には、何もむずかしい言葉や言い回しは使ってない。普通にわれわれが日記を付けたり、手紙を書いたりする時と同じ文句、同じ言い方である。それでいてこの作者は、まことに細かいところまで写し取っている。私が点を打った部分を読むと、一匹の蜂の動作を仔細《しさい》に観察して、ほんとうに見た通りを書いていることが分かる。そうしてその書いてあることが、というのは、この場合には蜂の動作でありますが、それがはっきりと読者に伝わるの

25 八つ手　ウコギ科の常緑低木。初冬に、白い小花が円錐状《えんすい》につく。26 芥川龍之介　小説家。一八九二―一九二七年。近代自我の全体性を芸術を通して実現する、芸術主義と個人主義とを基調として展開された大正文学の代表。

は、できるだけ無駄を切り捨てて、不必要な言葉を省いてあるからであります。たとえば終わりのほうの「それは見ていていかにも静かな感じを与えた。」の次に、いきなり「淋しかった。」と入れてありますが、「自分は」というような主格を置かずにただ「淋しかった。」とあるのが、よく利いています。またその次の「他の蜂が皆巣に入ってしまった日暮れ、冷たい瓦の上に一つ残った死骸を見ることは云々《うんぬん》」のところも、普通なら「日が暮れると、他の蜂は皆巣に入ってしまって、その死骸だけが冷たい瓦の上に一つ残っていたが、それを見ると、」というふうに書きそうなところですが、こんなふうに短く引き締め、しかも引き締めたためにいっそう印象がはっきりするように書けている。「華を去り実に就く」とはこういう書き方のことであって、簡にして要を得ているのですから、このくらい実用的な文章はありません。されば、最も実用的に書くということが、すなわち芸術的の手腕を要するところなので、これがなかなか容易にできる業《わざ》ではないのであります。

ただし、今の志賀氏の文章を見ると、「淋しかった」という言葉が二度、「静かな」という形容詞が二度、繰り返し使ってありますが、この繰り返しは静かさや淋しさを出すために有効な手段でありまして、決して無駄ではないのであります。その理由はすぐ次の段に述べることとしまして[27]、こういう技巧こそ芸術的と言えますけれども、しかしそれとても、やはり実用の目的に背馳《はいち》するものではありません。実用文においても、こういう技巧があればあったほうがよいのであります。

実用実用と言いますけれども、今日の実用文は、広告、宣伝、通信、報道、その他種々なるパンフレットなどに応用の範囲が広く、それらは多少とも芸術的であることを必要とするのでありまして、用途の上から言いましても、だんだん芸術と実用との区別が分からなくなってきつつあります。現に裁判所の調書などは、最も芸術に縁の遠かるべき記録でありますが、犯罪の状況や時所についてずいぶん精密な筆を費し、被告や原告の心理状態にまで立ち入って述べておりまして、時には小説以上の感を催さしめることがあります。されば文章の才を備えることは、今後いかなる職業においても要求されるわけでありまして、かたがた心得のためにこれだけのことを弁《わきま》えておいていただくほうがよいと思います。

[27] すぐ次の段「現代文と古典文」の節だが、本書では割愛した。

二　文章の上達法

○文法に囚《とら》われないこと
○感覚を研《みが》くこと（本書収録）

○　感覚を研くこと

文章に上達するのには、どういうのが名文であり、どういうのが悪文であるかを知らなければなりません。しかしながら、文章のよしあしは「曰《いわ》く言い難し」でありまして、[28]ただ今も述べましたように理窟を超越したものでありますから、読者自身が感覚をもって感じ分けるより外に、他から教えようはないのであります。仮に私が、名文とはいかなるものぞの質問に強いて答えるとしましたら、

　長く記憶に留まるような深い印象を与えるもの
　何度も繰り返して読めば読むほど滋味の出るもの

と、まずそう申すでありましょうが、この答案は実は答案になっておりません。「深い印象を与えるもの」「滋味の出るもの」と申しましても、その印象や滋味を感得する感覚を持っていない人には、さっぱり名文の正体が明らかにならないからであります。

簡素な国文の形式に復《かえ》れと申しましても、無闇に言葉を省いたらよいわけではありません。文法に囚われるなと申しても、故意に不規則な言い方をし、格やテンス[29]を無視したものがよいとは限りません。時により、題材によっては、精密な表現を必要とし、西洋流の言葉使いをもしなければならないのでありまして、あらかじめ「こうであらねばならぬ」「あってはならぬ」と、一律に決めてしまうことは危険であります。つまり、「名文とはかくかくの条件を備えたものである。」という標準がないのでありますから、文法的に正しい名文、文法の桁を外れた名文、簡素な名文、豊麗な名文、流《りゅう》暢《ちょう》な名文、佶屈《きっくつ》な名文と、各種各様の名文があるのでありまして、こういう国語

28 ただ今も述べましたように　本書では割愛した。　29 テンス　時制。［英語］tense

を持ったわれわれは、最も独創的な文体を編み出すこともでき、また、下手をすれば支離滅裂な悪文家に堕する恐れもある。しかも名文と悪文との差は紙一重《ひとえ》でありまして、[30]西鶴《さいかく》や[31]近松のような独創性のない者が彼らの文章の癖を真似ると、多くの場合物笑いの種になるような悪文ができ上がるのであります。

行くすゑのしらぬ浮世《うきよ》、うつり替はるこそ変化《へんげ》のつねにおもひながら、去年《こぞ》もはや暮れて、初霞《はつがすみ》の朝長閑《のどか》に、四隣の梢《こずゑ》も蠢《うご》き、よろづ温和にして心もいさましげなるこそ、しばらくこの所をも去りて世の有様をも窺《うかが》ひなほ身の修行にもせんと思ひ、さしも捨てがたき窟《いはや》の中を立ち出《い》で、志して行く国もなく心にまかせ歩み行くに時は花咲くころ、樽《たる》に[32]青氈《せいせん》かつがせ[33]ささへ[34]に席を付けて、男女《なんによ》老少あらそひこぞり、桜が下に座の設けして遊ぶに、この景ただに見てのみやあらん、花のおもはん[35]こともはづかしなンど、詩にこころざしをのべ、歌に思ひを吐き、[36]楊《やう》弓《きう》に興じ、囲碁《いご》にあらそふ。思ひ思ひの[37]成業《せいげふ》・歌舞・音曲《おんぎよく》も耳に満ちて、そのさま言葉にのぶべくもあらず。またある松の木《こ》隠《がく》れに、その体《てい》うるはしき男の色ある女に、[38]湯単《ゆたん》包みをもたせ、藤浪《ふぢなみ》のきよげなる岩間づたへに青苔《せいたい》の席をたづねて来たりしが、とある所に座して、竹筒より酒を出《い》だし、酔ひをすすめて花見るさまなり。時へて後かの女にもたせし包み物を明けて、ちいさき舂《うす》、ほそやかなる杵《きね》を取り出だして二人の手してしらげる[39]が、また水を汲《く》み、火をきりなンどして、あたりの散《ち》り葉《ば》拾うて、炊《た》き揚げつつ、たはふれ笑ひ、たのしげに食ふ。

（西鶴著『艶隠者《やさいんじゃ》[40]』巻之三「都のつれ夫婦」）

かくのごとき文章は、何とも言えない色気に富んでおりますが、またこのくらい癖のある文章も少ない。これを秋成《あきなり》[41]のものに比べてみますと、言葉の略しかた、文字の使いざま、その他すべての点にわたって、いっそう文法の桁を外れている。実に西鶴

30 **西鶴**　井原西鶴。江戸時代前期の浮世草子作者、俳人。一六四二―九三年。31 **近松**　近松門左衛門。江戸時代中期の浄瑠璃・歌舞伎作者。一六五三―一七二四年。32 **青氈**　青い毛氈。「毛氈」は、フェルト製の敷物。33 **さゝへ**　手に提げて持ち歩けるようにした組み重箱。提げ重箱。34 **席**　むしろ。ござ。35 **はづかし**　立派だ。36 **楊弓**　楊《やなぎ》製の小弓で的を射る遊戯。37 **成業**　学業などを成し遂げること。38 **湯単**　布や紙に油をしみ込ませたもの。湿気や汚れを防ぐことができるため、風呂敷《ふろしき》などに用いた。油単。39 **しらげる**　精白した。「しらぐ」は、玄米をついて白くすること。40 **『艶隠者』**　『扶桑《ふそう》近代艶隠者』。一六八六年刊。現在は西鷺軒橋泉《さいろけんきょうせん》の作とされているが、西鶴作だと言われていた時もあった。41 **秋成**　上田秋成。江戸時代後期の国学者、浮世草子・読本の作者。一七三四―一八〇九年。代表作に『雨月物語』がある。

の文章は、僅《わず》か五、六行を読んでも容易に西鶴の筆であることが鑑定できるくらい、特色が濃いのでありますが、正直のところ、西鶴であるからこれを名文と言い得るのであって、一歩を誤れば非常な悪文となりかねない。しかもその一歩の差というものがとうてい口では説明できないのでありまして、やはり皆さんが、めいめい自分で感得するより仕方がない。また、次に掲げるのは森鷗外《おうがい》[42]の『即興詩人』[43]の一節でありまして、西鶴とは全然別種の、素直な、癖のない書き方でありますが、かくのごときのも正しく名文の一つであります。

　たちまちフラスカアチ[44]の農家の婦人の装ひしたる媼《おうな》ありて、わが前に立ち現れぬ。その背はあやしきまで真直《ますぐ》なり。その顔の色の目立ちて黒く見ゆるは、頭より肩に垂れたる、長き白紗《しろぎぬ》[45]のためにや。膚《はだへ》の皺《しわ》は繁《しげ》くして、縮めたる網のごとし。黒き瞳は眶《まぶち》[46]を塡《うづ》めむほどなり。この媼は初め微笑《ほほゑ》みつつ我を見しが、俄《には》かに色を正して、わが面《おもて》[47]をうちまもりたるさま、傍らなる木に寄せ掛けたる木乃伊《みいら》にはあらずや、と疑はる。暫《しば》しありていふやう。「花はそちが手にありて美しくぞなるべき。かの目には福《さいはひ》の星あり。」といふ。我は編みかけたる環《わ》飾りを、わが唇におし当てたるまま、驚きてかの方を見居たり。媼またいはく、「その月桂《ラウレオ》[48]の葉は、美しけれど毒あり。飾りに編《よ》むは好し。唇にな当てそ[49]。」といふ。この時アンジエリカ[50]籬《まがき》の後ろより出《い》でていふやう。「賢き老媼《おうな》、フラスカアチのフルヰヤ[51]。そなたも明日《あす》の祭りの料《しろ》にとて、環飾り編まむとするか。さらずは日のカムパニヤ[52]のあなたに入りてより、常ならぬ花束を作らむとするか。」といふ。媼はかく問はれても、顧みもせでわが面のみうちまもり、詞《ことば》を続《つ》ぎていふやう。「賢き目《まみ》なり。日の金牛宮[53]を過ぐるとき誕《うま》れぬ。名も財《たから》も牛の角にかかりたり。」といふ。この時母上も歩み寄りてのたまふやう。「わが子が受領すべきは、緇《くろ》き衣[54]と大なる

42 **森鷗外**　小説家、評論家、翻訳家、軍医。一八六二―一九二二年。43 **『即興詩人』**　デンマークの作家アンデルセンの青春小説。一八三五年刊。森鷗外による翻訳が発表され（一八九二―一九〇一年）、その訳文自体が明治浪漫主義の代表作とされる。44 **フラスカアチ**　イタリア中西部のラツィオ州ローマ県にある村。フラスカーティ。少年だった主人公は、このとき母親とともに花祭り見物に来ていた。 45 **白紗**　白色の薄い絹織物。ネッカチーフ。46 **眶**　目のふち。あるいは、まぶた。47 **うちまもりたる**　見ていた。48 **月桂《ラウレオ》**　クスノキ科の常緑高木。輪状に編んで冠にする。月桂樹。［イタリア語］lauro　49 **唇にな当てそ**　唇に当ててはいけない。50 **アンジエリカ**　母親の友人の女性。アンジェリーナ。51 **フルヰア**　「媼」の名前。占いの力がある。フルヴィア。52 **カムパニヤ**　イタリア南西部の州。州都はナポリ。カンパニア。53 **金牛宮**　黄道十二宮の第二宮。牡牛《おうし》座に相当するとされた。54 **緇き衣と大なる帽**　ともに、カトリック修道士の服装。「緇き衣」は、黒い僧衣。

帽となり、かくて後は、[55]護摩焚《た》きて神に仕《つか》ふべきか、[56]棘《いばら》の道を走るべきか。それはかれが運命に任せてむ。」とのたまふ。嫗は聞きて、我を僧とすべしといふ意《こころ》ぞ、とは心得たりと覚えられき。

西鶴の文を朦朧《もうろう》派とすれば、これは平明派であります。隅から隅まで、はっきり行き届いていて、一点曖昧なところがなく、文字の使い方も正確なら、文法にも誤りがない。が、こういう文章を下手な者が模倣すれば、平凡で、味もそっけもないものになる。癖のある文章はかえってその癖が取りやすく、巧味《うまみ》も目につきやすいのでありますが、平明なものは一見奇とすべきところがないので、真似がしにくく、どこに味があるのかも、初心の者には分かりにくい。徳川時代では[57]貝原益軒《かいばらえきけん》の『養生訓』とか[58]新井白石《あらいはくせき》の『折《おり》たく柴《しば》の記』とかいうものが、この平明派に属するのでありまして、教科書などに抜萃《ばっすい》してありますけれども、ああいう文章は、一つはその人の頭脳や、学識や、精神の光でありますから、そこまで味到しない者にはその風格が理解できないのであります。

要するに、文章の味というものは、芸の味、食物の味などと同じでありまして、それを鑑賞するのには、学問や理論はあまり助けになりません。たとえば舞台における俳優の演技を見て、巧いか拙いかが分かる人は、学者と限ったことはありません。それにはやはり演芸に対する感覚の鋭いことが必要で、百の美学や演劇術を研究するよりも、カンが第一であります。またもし、鯛のうまみを味わうのには、鯛という魚を科学的に分析しなければならぬと申しましたら、きっと皆さんはお笑いになるでありましょう。事実、味覚のようなものになると、賢愚、老幼、学者、無学者にかかわらないのでありますが、文章とても、それを味わうには感覚によるところが多大であります。しかるに感覚というものは、生まれつき鋭い人と鈍い人とがある。味覚、聴覚などは取り分けそうでありまして、音楽の天才などと言われる人は、誰に教わらないでも、ある一つの音を聴いてその音色を味わい、音程を聴き分ける。また舌の発達し

55 **護摩** 密教で、不動明王などの前に壇を築き、火炉《かろ》を設けて木を焚《た》く修法。［梵語］homa ここは、カトリック教会で薫香を焚く儀式。56 **棘の道** 信仰に殉ずる苦難の道。57 **貝原益軒の『養生訓』**「貝原益軒」は、江戸時代前期の儒学者、本草学者。一六三〇―一七一四年。『養生訓』は、健康保持の観点から日常生活の心得を説いたもの。一七一三年成立。58 **新井白石の『折たく柴の記』**「新井白石」は、江戸時代中期の儒学者、政治家。一六五七―一七二五年。『折たく柴の記』は、父祖のことから始め、将軍徳川家宣《いえのぶ》を補佐した事績などを、平易な和漢混交文で記したもの。一七一六年成立。

た人は、まったく原型を失うまでに加工した料理を食べても、何と何を材料に使ってあるかを言い当てる。その他、匂いに対する感覚の鋭い人、色彩に対する感覚の鋭い人などがあるように、文章もまた、生まれつきそのほうの感覚の秀でた人がありまして、文法や修辞学を知らないでも、自然と妙味を会得している。よく学校の生徒の中で、外の学課はあまり成績が芳《かんば》しくなく、理解力なども一般より劣っていながら、和歌や俳句の講義をさせると先生も及ばぬ洞察力を閃《ひら》めかし、また文字を教えたり文章を暗誦させたりすると、異常な記憶力を示す少年がおりますが、こういうのがつまりそれで、文章に対する感覚だけが先天的に備わっているのであります。しかしながら、これは生まれつきの能力であるから、後天的にはいかんともし難いものかというのに、決してそうではありません。稀《まれ》には感覚的素質が甚だしく欠けていて、いくら修練を重ねてもいっこう発達しない人もありますけれども、多くは心がけと修養次第で、生まれつき鈍い感覚をも鋭く研くことができる。しかも研けば研くほど、発達するのが常であります。

そこで、感覚を研くのにはどうすればよいかというと、

出来るだけ多くのものを、繰り返して読むこと

が第一であります。次に

実際に自分で作ってみること

が第二であります。

右の第一の条件は、あえて文章に限ったことではありません。すべて感覚というものは、何度も繰り返して感じるうちに鋭敏になるのであります。たとえば三味線を弾くのには、三つの糸の調子を整える、一の糸の音と、二の糸の音と、三の糸の音とが調和するように糸を張ることが必要でありまして、生来聴覚の鋭い人は、教わらずともできるのでありますが、たいていの初心者には、それができない。つまり調子が合っているかいないかが聴き分けられない。そこで習い始めの時分は、師匠に調子を合わせてもらって弾くのでありますが、だんだん三味線の音を聞き馴《な》れるうちに、音の高低とか調和とかいうことが分かってきて、一年ぐらいたつと、自分で調子を合わす

ことができるようになる。というのは、毎日毎日同じ糸の音色を繰り返して聞くために、音に対する感覚が知らず知らず鋭敏になる——耳が肥えてくる——のであります。ですから師匠も、そういうふうにして弟子が自然と会得する時期が来るまでは、黙って調子を合わせてやるだけで、理論めいたことは言いません。言っても何の役にも立たず、かえって邪魔になることを知っているからです。昔からよく、舞や三味線の稽古をするには大人になってからでは遅い、十歳未満、四つか五つ頃からがよいと言われるのは、まったくこのためでありまして、大人は小児ほど無心になれないものですから、とかく何事にも理窟を言う、地道《じみち》に練習しようとしないで、理論で早く覚えようとする、それが上達の妨げになるのであります。

かように申しましたならば、文章に対する感覚を研くのには、昔の寺子屋式[59]の教授法が最も適している所以《ゆえん》が、お分かりになったでありましょう。講釈をせずに、繰り返し繰り返し音読せしめる、あるいは暗誦せしめるという方法は、まことに気の長い、のろくさいやり方のようでありますが、実はこれが何より有効なのであります。が、そう言っても今日の時勢にそれをそのまま実行することは困難でありましょうから、せめて皆さんはその趣意をもって、古来の名文と言われるものを、できるだけ多く、そうして繰り返し読むことです。多く読むことも必要でありますが、むやみに欲張って乱読をせず、一つものを繰り返し繰り返し、暗誦することができるくらいに読む。たまたま意味の分からない箇所があっても、あまりそれにこだわらないで、漠然と分かった程度にしておいて読む。そうするうちには次第に感覚が研かれてきて、名文の味わいが会得されるようになり、それと同時に、意味の不明であった箇所も、夜がほのぼのと明けるように釈然としてくる。すなわち感覚に導かれて、文章道の奥義に悟入するのであります。

しかし、感覚を鋭敏にするのには、他人の作った文章を読む傍ら、時々自分でも作ってみるに越したことはありません。もっとも、文筆をもって世に立とうとする者は、是非とも多く読むとともに多く作ることを練習しなければなりませんが、私の言うのはそうでなく、鑑賞者の側に立つ人といえども、鑑賞眼をいっそう確かにするためには、やはり自分で実際に作ってみる必要がある、と申すのであります。たとえば、前に挙げた三味線の例で申しますと、自分であの楽器を手に取ったことのない人には、

59 寺子屋　江戸時代の庶民の教育施設。僧侶・武士などが師となり、読み・書き・そろばんを教えた。

なかなか三味線の上手下手は分かりにくい。何度も繰り返して聞くようにすれば分かってくることはきますけれども、そこまで耳が肥えるのにはよほどの年数がかかるのでありまして、進歩の度が遅い。しかるにたとい一年でも半年でも、自分で三味線を習ってみると、音に対する感覚がめきめきと発達してきて、鑑賞力が一度に進歩するのであります。舞踊などでもおそらくはそうでありまして、全然舞を知らない人が舞の上手下手を見分けるまでになりますのは、容易なことではありませんけれども、自分で習うと、他人の巧い拙いが見えるようになる。また料理などでも、自分で原料を買い出しにいき、親しく包丁を取り煮焚《にた》きをしたほうが、ただ食べてばかりいるよりも、遥《はる》かに味覚の発達を促進するに違いない。それから、これは私が安田靫彦《ゆきひこ》60画伯から聞いた話でありますが、ある時画伯が言われるのには、世の中には美術批評家というものがあって、毎年展覧会の季節になると、出品画についてあれこれと批評を下し、新聞や雑誌などへ意見を発表する、しかし画伯が長年の経験によれば、それらの批評は画家の目から見るといずれも肯綮《こうけい》に当たっていない、褒めてあるものも貶《けな》してあるものも、皆的を外れているので、画家を心から敬服せしめ、あるいは啓発するに足りない、それに反して同じ画家仲間の批評は、さすがにこの道に苦労している人々の言であるから、しろうとには見得ない弱所を突き、長所を挙げてあるので、傾聴に値するものが多いと言うのでありました。劇評家についてもこれと同じことが言えるのでありまして、芸のほんとうのよしあしは、舞台の数を踏んでいる俳優こそ、誰よりもよく知っているでありましょう。私は、自分の劇を上演する時に一流の歌舞伎《かぶき》俳優としばしば語り合ったことがありますが、彼らの多くは高等教育を受けていない人々で、近代美学の理論などは教わったこともないのですけれども、批評家の言う理窟ぐらいはいつの間にか体得しており、脚本に対する理解の行き届いているのには、毎々感服いたしました。彼らの頭は組織的な学問を覚え込むのには適していないのでありますが、感覚の修練を積んでおりますがゆえに、劇というものの神髄を嗅ぎつけることができるのであります。が、学校を出たばかりの人々、若い劇評家などは、この点の修行が足りませんから、芸のよしあしが分からず、したがって芝居が分からないのであります。何となれば、演劇を理解するのには、舞台における俳優の一挙手一投足、セリフ回しなどの巧拙を理解することから始まるのでありまして、そういう感覚的要素

60 安田靫彦　日本画家。一八八四—一九七八年。歴史画にすぐれた。

を離れて、演劇は存在しないからであります。さればまだしも、都会に育った婦女子や市井の通人たちのほうが、幼少の頃から何回となく芝居を見、名優の技芸に接して、感覚を研いておりますので、往々くろうとを頷《うなず》かせるような穿《うが》った批評を下すことがあるのであります。

ですが、皆さんのうちにはあるいは疑問を抱かれる方がありましょう。と申しますのは、すべて感覚は主観的なものでありますがゆえに、甲の感じ方と乙の感じ方と全然一致することはめったにあり得ない。好き嫌いは誰にでもあるのでありまして、甲は淡白な味を貴び、乙は濃厚な味を賞《め》でる。甲と乙とがいずれ劣らぬ味覚を持っておりましても、甲が珍味と感ずるものを乙がさほどに感じなかったり、またはまずいと感じたりする場合がある。仮に甲と乙とが同様に「うまい」と感じたとしましても、甲の主観が感じている「うまさ」と、乙の主観が感じている「うまさ」と、はたして同一のものなりや否やは、これを証明する手段がない。されば、もし文章を鑑賞するのに感覚をもってする時は、結局名文も悪文も、個人の主観を離れては存在しなくなるではないか、と、そういう不審が生じるのであります。

いかにもこれは一応もっともな説でありますが、さような疑いを抱く人に対しては、私は下のような事実を挙げてお答えしたいのであります。それは何かと申しますのに、私の友人に大蔵省[61]に勤めている役人がありますが、その人から聞いた話に、毎年大蔵省では日本の各地で醸造される酒を集めて品評を下し、味わいの優劣に従って等級をつける、その採点の方法は、専門の鑑定家たちが大勢集まって一つ一つ風味を試してみたうえで投票するのだそうでありますが、何十種、何百種とある酒のことでありますから、ずいぶん意見が別れそうでありますのに、事実はそうでないと申します。各鑑定家の味覚と嗅覚とは、それらのたくさんな酒の中から最も品質の醇良《じゆんりよう》な一等酒を選び出すのに、多くはぴったり一致する、投票の結果を披露してみると、甲の鑑定家が最高点を与えた酒に、乙も丙も最高点を与えている、決してしろうと同士のように、まちまちにはならないそうであります。この事実は何を意味するかというのに、感覚の研かれていない人々の間でこそ「うまい」「まずい」は一致しないようでありますが、洗練された感覚を持つ人々の間では、そう感じ方が違うものではない、すなわち感覚というものは、一定の錬磨を経た後には、各人が同一の対象に対して同様に感じ

61　大蔵省　現在の財務省。

るように作られている、ということであります。そうしてまた、それゆえにこそ感覚を研くことが必要になってくるのであります。

ただしかしながら、文章は酒や料理のように内容の単純なものではありませんから、人によって多少好むところを異にし、一方に偏るというような事実が、専門家の間においてもまったくないことはありません。たとえば森鷗外は、あのような大文豪で、しかも学者でありましたけれども、どういうものか『源氏物語』[62]の文章にはあまり感服していませんでした。その証拠には、かつて与謝野《よさの》[63]氏夫婦の『口訳源氏物語』に序文を書いて、「私は『源氏』の文章を読むごとに、常に幾分の困難を覚える。少なくともあの文章は、私の頭にはすらすらと入りにくい。あれが果たして名文であろうか。」という意味を、婉曲《えんきょく》に述べているのであります。ところで、『源氏』のような国文学の聖典とも目すべき書物に対して、かくのごとき冒瀆《ぼうとく》の言をなす者は鷗外一人であるかというのに、なかなかそうではありません。一体、『源氏』という書は、古来取り分けて毀誉《きよ》褒貶《ほうへん》が喧《かまびす》しいのでありまして、これと並称されている『枕草紙』[64]《まくらのそうし》は、大体において批評が一定し、悪口を言う者はありませんけれども、『源氏』のほうは、内容も文章もともに見るに足らないとか、支離滅裂であるとか、睡気《ねむけ》を催す書だとか言って、露骨な悪評を下す者が昔から今に絶えないのであります。そうして、それらの人々に限って、和文趣味よりは漢文趣味を好み、流麗な文体よりは簡潔な文体を愛する傾きがあるのであります。

けだし、我が国の古典文学のうちでは、『源氏』が最も代表的なものでありますがゆえに、国語の長所を剰《あま》すところなく発揚していると同時に、その短所をも数多く備えておりますので、男性的な、テキパキした、韻《ひびき》のよい漢文の口調を愛する人には、あの文章が何となく歯切れの悪い、だらだらしたもののように思われ、何事もはっきりとは言わずに、ぼんやりぼかしてあるような表現法が、物足らなく感ぜられるのでありましょう。そこで、私は下のようなことが言えるかと思います。同じ酒好きの仲間でも、甘口を好む者と、辛口を好む者とがある、さように文章道においても、和文派を好む人と、漢文派を好む人とに大別される、すなわちそこが『源氏物語』の評価

62『源氏物語』平安時代中期の物語。紫式部著。寛弘《かんこう》（一〇〇四—一二年）頃の成立か。63 与謝野氏夫婦の『口訳源氏物語』「与謝野氏夫婦」は、与謝野鉄幹（一八七三—一九三五年）・晶子（一八七八—一九四二年）。晶子による『源氏物語』の最初の現代語訳は一九一二—一三年刊、二度目の現代語訳は一九三八—三九年刊。64『枕草紙』平安時代中期の随筆。清少納言《せいしょうなごん》作。一〇〇〇年頃の成立といわれる。『枕草子』。

の別れるところであると。この区別は今日の口語体の文学にも存在するのでありまして、言文一致の文章といえども、仔細に吟味してみると、和文のやさしさを伝えているものと、漢文のカッチリした味を伝えているものとがある。その顕著な例を挙げますならば、[65]泉鏡花、[66]上田敏《びん》、[67]鈴木三重吉《みえきち》、[68]里見弴《とん》、[69]久保田《くぼた》万太郎、[70]宇野浩二《こうじ》などの諸家は前者に属し、夏目漱石、志賀直哉、[71]菊池寛《きくちかん》、[72]直木三十五《なおきさんじゅうご》などの諸家は後者に属します。もっとも、和文のうちにも[73]『大鏡』や、[74]『神皇正統記《じんのうしょうとうき》』や、『折たく柴の記』のような簡潔雄健な系統がありますので、これを朦朧派と明断派というふうに申してもよいし、だらだら派とテキパキ派とも申せましょうし、あるいはまた、流麗派と質実派、女性派と男性派、情緒派と理性派、などと、いろいろに呼べるのでありまして、一番手っ取り早く申せば、『源氏物語』派と、非『源氏物語』派になるのであります。で、これは感覚の相違というよりは、何かもう少し体質的な原因が潜んでいそうに思われますが、とにかく、文芸の道に精進している人々でも、調べてみると、大概幾分かはどちらかに偏っております。かく申す私なども、酒は辛口を好みますが、文章は甘口、まず『源氏物語』派のほうでありまして、若い時分には漢文風な書き方にも興味を感じましたものの、だんだん年を取って自分の本質をはっきり自覚するに従い、次第に偏り方が極端になっていくのを、いかんともなし難いのであります。

かように申しましても、感受性はできるだけ広く、深く、公平であるに越したことはありませんから、強いて偏ることは戒めなければなりませんが、しかし皆さんも、多く読み、多く作っていくうちに、自然自分の傾向に気付かれる折があるかも知れません。そうして、そういう場合には、なるべく自分の性に合った文体を選び、その方面で上達を期するようにされるのが得策であります。

65 **泉鏡花**　小説家、劇作家。一八七三―一九三九年。66 **上田敏**　英文学者、詩人。一八七四―一九一六年。67 **鈴木三重吉**　小説家、童話作家。一八八二―一九三六年。68 **里見弴**　小説家。一八八八―一九八三年。69 **久保田万太郎**　小説家、劇作家、俳人。一八八九―一九六三年。70 **宇野浩二**　小説家。一八九一―一九六一年。71 **菊池寛**　小説家、劇作家。一八八八―一九四八年。72 **直木三十五**　小説家。一八九一―一九三四年。73 **『大鏡』**　平安時代後期の歴史物語。作者未詳。一二世紀に入っての成立か。74 **『神皇正統記』**　南北朝時代の歴史書。北畠親房《きたばたけちかふさ》が幼帝後村上天皇のために、吉野朝廷（いわゆる南朝）の正統性を述べた。

三　文章の要素

○含蓄について

含蓄といいますのは、前段[75]「品格」の項において説きました「饒舌《じょうぜつ》を慎しむこと」がそれに当たります。なお言い換えれば、「イ　あまりはっきりさせようとせぬこと」および「ロ・意味のつながりに間隙を置くこと」が、すなわち含蓄になるのであります。ただその同じことを項を改めて再説いたしますのは、前段においてはそれを儀礼のほうから見、ここではもっぱら効果のほうから論ずるためでありますが、かく繰り返して述べますのも、それがはなはだ大切な要素なるがゆえでありまして、この読本は始めから終わりまで、ほとんど含蓄の一事を説いているのだと申してもよいのであります。

さて、最初に一つの例を引いて申し上げますが、数年前に、ある時私は、日本文学を研究している二、三のロシア人と会食したことがありました。その時の席上での話に、近頃ロシアで私の『愛すればこそ』[76]という戯曲を翻訳している者があるが、第一に標題の訳し方に困っている、と申すのは、「愛すればこそ」はいったい誰が愛するのであろうか、「私」が「愛すればこそ」なのか、「彼女」がなのか、あるいは「世間一般の人」がなのか、要するに、主格を誰にしてよいかが明瞭でないというのでありました。そこで私が答えましたのに、「愛すればこそ」の主格は、この戯曲の筋から言えば「私」とするのが正しいかも知れない、だから仏訳の標題には「私」という字が入れてある、しかし本当のことを言うと、「私」と限定してしまっては少しく意味が狭められる、「私」ではあるけれども、同時に「彼女」であってもよいし、「世間一般の人」でも、その他の何人《なんぴと》であってもよい、それだけの幅と抽象的な感じとを持たせるために、この句には主格を置かないのである、それが日本文の特長であって、曖昧といえば曖昧だけれども、具体的である半面に一般性を含み、ある特定な物事に関

75 前段「品格」の項　本書では割愛した。
76『愛すればこそ』　一九二一年発表。

して言われた言葉がそのまま格言や諺《ことわざ》のような広さと重みと深みとを持つ、それゆえできるならばロシア語に訳すのにも主格を入れないほうがよい、と、そう申したのでありました。

日本文におけるこういう特長は、漢文にも見られるのでありまして、漢詩を例に引きますと、もっとこのことがはっきりするのであります。

牀前看㆓月光㆒　疑是地上霜
挙㆑頭望㆓山月㆒　低㆑頭思㆓故郷㆒

これは[77]李白《りはく》の「静夜思」と題する五言絶句でありまして、「牀前《しやうぜん》月光ヲ看《み》ル、疑フラクハ是《こ》レ地上ノ霜カト、頭《かうべ》ヲ挙ゲテ山月ヲ望ミ、頭ヲ低《た》レテ故郷ヲ思フ。」と読むのでありますが、この詩には何か永遠な美しさがあります。御覧の通り、述べてある事柄は至って簡単でありまして、「自分の寝台の前に月が照っている、その光が白く冴《さ》えて霜のように見える、自分は頭《こうべ》を挙げて山上の月影を望み、頭を低れて遠い故郷《ふるさと》のことを思う。」と、いうだけのことに過ぎませんけれども、そうしてこれは、今から千年以上も前の「静夜の思い」でありますけれども、今日われわれが読みましても、牀前の月光、霜のような地上の白さ、山の上の高い空に懸かった月、その月影の下にうなだれて思いを故郷に馳《は》せている人の有様が、不思議にありありと浮かぶのであります。また、現に自分がその青白い月光を浴びつつ郷愁に耽《ふけ》っているかのごとき感慨を催し、李白と同じ境涯に惹《ひ》き入れられます。で、かくのごとくこの詩が悠久な生命を持ち、いつの時代にも万人の胸に訴える魅力を持っておりますのは、いろいろの条件によるのでありますが、一つは主格が入れてないこと、もう一つはテンスが明瞭に示してないこと、この二カ条が大いに関係しているのであります。

これが西洋の詩でありましたならば、「牀前月光ヲ看ル」者は作者自身なのでありますから、当然「私は」という代名詞が置かれるでありましょう。また、「牀」や、「頭」や、「故郷」という語の上にも、「私の」というような断り書きが付くでありましょう。それから、「看ル」、「疑フ」、「望ム」、「思フ」などの動詞は、おそらく過去の形を取るでありましょう。するとこの詩は、ある晩ある一人の人の見たことや感じ

77 李白　中国盛唐期の詩人。七〇一—七六二年。

たことに限られてしまって、とうていこれだけの魅力を持つことはできないのであります。もっともこれは韻文でありますが、散文においても、東洋の古典にはこういう書き方が多いことは、すでに皆さんも数回の引用文によって御承知でありましょう。あの『雨月物語』[78]の冒頭を見ましても、「あふ坂の関守にゆるされてより[79]」から「行く讃岐《さぬき》[80]の真尾坂《みをさか》の林といふにしばらく筇《つゑ》をとどむ」まで、東は象潟《きさがた》[81]の蜑《あま》が苫屋《とまや》から西は須磨《すま》[82]・明石《あかし》を経て四国に至る道中が書いてありますが、この長い旅行をした人間が誰であるかは記してない。また、「仁安《にんあん》三年の秋」[83]とは断ってありますけれども、動詞は現在止め、いわば不定法[84]のようになっていて、過去の形を取っていない。そのためにこれを読む者は、主人公の西行《さいぎょう》法師とともに名所古蹟《こせき》を経めぐり、国々の歌枕[85]を訪ね歩いているような感じを与えられるのであります。こういう手法は、現代の口語文にも応用の余地があるのでありまして、少なくとも、主格や所有格や目的格の名詞代名詞を省いたほうがよい場合は、非常に多いのであります。ことに私小説などでは、「私」が主人公であることは読んでいくうちに自然と分かるのでありますから、そう「私」という言葉をたくさん使うには及ばない。その他小説の文章は一般にそういう手心を加えたほうが魅力を生ずるのでありまして、今の作家では里見弴氏がしばしばこの手法を用いておりますから、試みに氏の作品集を調べて御覧なさい。ちょうど『雨月』や『源氏』のような書き出しをもって始まっている作品が、少なからずあることを発見されると思います。

次に、ただ今の李白の詩についてもう一つ注意すべきことは、この詩の中には月明に対して遠い故郷を憧れる気持ち、一種の哀愁が籠もっておりますが、作者は「故郷ヲ思フ」と言っているだけで、「淋しい」とも「恋しい」とも「うら悲しい」とも、そういう文字を一つも使っておりません。かくのごとく、ある感情を直接にそれと言わないで表現することが、昔の詩人や文人の嗜《たしな》みになっていたのでありまして、あえて李白に限ったことではありませんけれども、分けてもこの詩の場合などは、文字の表に何とも言っていないところに沈痛な味わいがあるのでありまして、多少なりとも

78 **『雨月物語』** 上田秋成の著。一七七六年刊。引用は、その冒頭「白峰《しらみね》」。79 **あふ坂** 逢坂《おうさか》山。山城（現在の京都府の一部）と近江《おうみ》（現在の滋賀《しが》県）との境の山で、東国へ向かう最初の関所があった。80 **讃岐の真尾坂** 香川県坂出市王越《おうこし》町の水尾坂。81 **象潟の蜑が苫屋** 「象潟」は歌枕。現在の秋田県にかほ市象潟町。「蜑が苫屋」は、ひなびた苫（菅や茅などを編んだむしろ）葺きの家々。82 **須磨・明石** ともに歌枕。現在の兵庫県神戸《こうべ》市須磨区と明石市。83 **仁安三年** 一一六八年。84 **主人公の西行法師** 『雨月物語』「白峰」は、西行を主人公とする。「西行」は、平安時代末期の歌人。一一一八―九〇年。85 **歌枕** 和歌に多く詠まれる名所や旧跡。

哀傷的な言葉が使ってありましたら、必ず浅はかなものになります。なおこのことは、俳優の演技を例に引きますとよく分かるのでありますが、ほんとうに芸の上手な俳優は、喜怒哀楽の感情を表しますのに、あまり大袈裟《おおげさ》な所作や表情をしないものであります。彼らは、大いなる精神的苦痛とか激しい心の動揺とかを示そうとする時は、反対に芸を内輪に引き締め、七、八分通りの表現に止める。これはそのほうが舞台の上の効果が多く、見物の胸に訴える力が強いからでありまして、名優と言われる者は皆そのコツを知っておりますが、下手な俳優になればなるほど、顔を歪《ゆが》めたり、身をもがいたり、大声を立てて喚《わめ》いたりして、騒々しい所作を演ずるのであります。

そこで、こういう見地から現代の若い人たちの文章を見ますと、あらゆる点で言い過ぎ、書き過ぎ、しゃべり過ぎていることを痛切に感じるのでありますが、とりわけ目につくのは無駄な形容詞や副詞が多いことであります。今私は、ある婦人雑誌を座右に取り寄せ、試みに投書家諸氏の告白録や実話の書き方を調べてみまして、そのあまりにも言葉の濫費が甚しいのに驚いているのでありますが、左にその中から悪文の実例一つを挙げ、無駄を指摘して御覧に入れます。

何事も忍びに忍んで病苦と闘《たたか》いながらよく耐えてきた母も、ついに実家へ帰らねばならぬ日が来た。学校から帰って、家の中に母のいないことを知ると私は暗い暗い気持ちに沈んでいった。父は「実家へ行ったがすぐ帰ってくる。」と言ったけれど、私には嫌な嫌な予感があった。母のいない、海底のように暗い家の中に、私たち兄妹《きょうだい》の冷たい生活はそれから果てしなく続いた。

右の文中、傍線を引いた部分を注意して御覧なさい。まず「忍ぶ」という語の上に「何事も」という三字が加わって、「何事も忍ぶ」となっています。既に「何事も忍ぶ」と言えば一通りの忍耐でないことは分かっていますのに、「何事も忍びに忍ぶ」と、「忍ぶ」という字をまたもう一つ重ねてあります。が、よく考えて御覧なさい、この場合「忍ぶ」の文字を重ねたためにはたして効果が強くなっているかどうか。事実は反対でありまして、重ねたことが少しも役立っていないのみか、かえって文意を弱めております。その上その次に「病苦と闘う」という句があって、これも言葉は違うけれども、やはり忍耐の一種、「何事も忍ぶ」の中の一つであります。さればこれだけでも言い過ぎているところへ、「よく耐えてきた」と、さらに加えてありますので、ますます効果を弱めることになり、ちょうど下手な俳優が騒々しい所作を演ずるのと同じ結果に陥っております。従って、「暗い暗い気持ち」、「嫌な嫌な予感」なども、「暗い気持ち」、「嫌な予感」でたくさんで[86]あります。こういうふうに同じ形容詞を二つ重ねることは、口でしゃべる場合にはアクセントの働きによって効果を挙げることができますけれども、文字で書いては、大概の場合、重ねたことが感銘を薄くさせるのみであります。それから、「暗い気持ちに沈んでいった」の「沈んでいった」も、言い方が素直でありません。「暗い気持ちがした」と、まっすぐに言うべきところであります。次には「暗い」の形容詞の上に「海底のように」という副詞句、「続く」の動詞の上に「それから果てしなく」という副詞が付いておりますが、私の言う「無駄な形容詞や副詞」とはかくのごときものを指すのでありまして、「海底のように」と加えたところで、母が実家へ立ち去った後の家の中の暗い感じが、真に迫って表現されるわけではない。全体比喩《ひゆ》というものは、本当によく当てはまって、それを喩《たと》えに引き出したためにいっそう情景がはっきりする、というようなものを思いついた時にのみ使うべきでありまして、適当な比喩を思いつかない場合、また思いついても、わざわざそれを引いてまで説明する必要のない場合は、引かないほうがよいのでありますo しかるにこの場合の暗さなどは、大よそ読者に想像のできることでありまして、物に喩えて言わなければ分からないような暗さではありません。また喩えるにしましても、「海底のように」という句は少しも当てはまっていないのでありまして、こういう仰山な比喩を使うと、本当のことまでが嘘《うそ》に聞こえます。次に「続く」という語があれば、「それから」はなくても済むこと、まして「果てしなく」という語は、これも誇張に過ぎております。で、この文章からさような無駄を削り取ってしまうと、下のようになります。

病苦と闘いながら何事もよく忍んできた母も、ついに実家へ帰らねばならぬ日が来た。学校から帰って、家の中に母のいないことを知ると私は暗い気持ちがした。父は「実家へ行ったがすぐ帰ってくる。」と言ったけれど、私には嫌な予感があった。母のいない、暗い家の中に、私たち兄妹の冷たい生活が続いた。

86 アクセント　語のなかで強く発音するところ。［英語］accent

これは別段名文というのではありません。普通の実用文であります。しかし現代の青年たちは、こういう普通の実用文を書かないで、前に挙げたような悪文を書きたがるのであります。そうしていっそう嘆かわしいことには、そういうふうに曲がりくねった、素直でない書き方を芸術的だと考えるのでありますが、芸術的とは決してさようなものではなく、実用的なものがすなわち芸術的なものであることは、第百五十九頁において申し上げた通りであります。ですから、実用文であるがゆえに感銘が薄いというはずはなく、仮に小説の叙述でありましても、前のように長たらしく書くよりは、後のように引き締めて書く方がよいのであります。否、もし私が自分の小説にこの事柄を述べるとしましたら、さらに引き締めて下のごとくするでありましょう。

病苦と闘い、何事をも忍んできた母も、とうとう実家へ帰る日が来た。私はある日学校から帰ると、母がいないことを知って、暗い気持ちがした。父は、「実家へ行ったのだ、すぐ帰ってくる。」と言ったけれども、嫌な予感があった。それからは母のいない家の中に、私たち兄妹の冷たい生活が続いた。

一番最初の文章が字数百七十字、第二の文章が百四十一字、第三が百三十七字でありまして、最初のものからは三十三字を減じておりますが、いずれが強い印象を与えるか、読み比べて御覧なさい。ところで、第二と第三とは僅かな違いでありまして、全体では短縮されておりますけれども、新たに加えた文字や句点もあり、その他言葉の順序を変え、言い方を改めた部分もある。たとえば「何事をも」の「を」の字、「けれども」の「も」の字を増し、「ついに」を「とうとう」にし、「ある日」の三字を入れ、「母のいない」を「母がいない」にし、「実家へ行ったがすぐ帰って」を「実家へ行ったのだ、すぐ帰って」とし、前文においていったん削った「それから」を生かして「それからは」としたごとき、こういうほんの些細《ささい》なところに工夫を要するのでありまして、畢竟《ひっきょう》これらがいわゆる技巧でありますが、しかし技巧を施したために実用に遠ざかるものでないことは、これを見ても明らかであります。

けれども、人に教えるのは易く、自ら行うのは難いものでありまして、言葉を惜しんで使うということも、自分で文章を作ってみますと、なかなか生やさしい業《わざ》でないことに気が付くのであります。されば文筆を専門にしている者でも、ややもすれば書き過ぎる弊に陥るのでありまして、私なども近年は常にその心がけを忘れないつもりでおりますが、書き直すごとに文章が短くなるとても、長くなることはめったにありません。つまりそれだけ無駄が多いのでありまして、発表の当時は大いに言葉を節約した気でおりましても、一年も経てから読み直してみますと、まだ無駄のあるのが目につきます。左に掲げるのは今から三年前に作った小説[87]『蘆刈《あしかり》』の一節でありますが、傍線を引いてある部分は、今日から見て「なくもがな」と思われる辞句であります。

わたしはおいおい夕闇の濃くなりつつある堤のうえにたたずんだままやがて川下のほうへ目を移した。そして[88]院が[89]上達部《かんだちめ》や[90]殿上人《てんじょうびと》と御一緒に[91]水飯を召しあがったという[92]釣殿《つりどの》はどのへんにあったのだろうと右のほうの岸を見わたすとそのあたりはいちめんに鬱蒼《うっそう》とした森が生いしげりそれがずうっと[93]神社のうしろのほうまでつづいているのでその森のある広い面積のぜんたいが離宮の遺趾《いし》であることが明らかに指摘できるのであった。（中略）それにまた情趣に乏しい[94]隅田川などとはちがってあしたにゆうべに[95]男山の翠巒《すいらん》が影をひたしそのあいだを上り下りの船がゆきかう[96]大淀《おおよど》の風物はどんなにか院のみごころをなぐさめ御ざしきの興を添えたであろう。後年[97]幕府追討のはかりごとにやぶれさせたまい[98]隠岐《おき》のしまに十九年のうきとしつきをお送りなされて波のおと風のひびきにありし日のえいがをしのんでいらしった時代にももっともしげく御胸の中を往来したものはこの付近の山容水色とここの御殿でおすごしになった花やかな御遊のかずかずではなかったであろうか。などと追懐にふけっているとわたしの空想はそれからそれへと当時のありさまを幻にえがいて、管絃《かんげん》の余韻、泉水のせせらぎ、果ては99月卿《げっけい》・雲客《うんかく》のほがらかな歓語のこえまでが耳の底にきこえてくるのであった。そしていつのまにかあたりに黄昏《たそがれ》が迫っているのにこころづいて時計を取り出してみたときはもう六時になっていた。ひるまのうちは歩くとじっとり汗ばむほどの

87 **『蘆刈』** 一九三二年発表。山崎から水無瀬《みなせ》へかけて淀川の中州を舞台に、夢幻能のような世界を描く。88 **院** 後鳥羽上皇。一一八〇—一二三九年。89 **上達部** 公卿。公（摂政・関白・太政大臣・左大臣・右大臣）と卿（大納言・中納言・四位の参議、および三位以上の官人）の総称。90 **殿上人** 清涼殿の殿上の間に昇ることを許された四位・五位の人、および六位の蔵人《くろうど》。91 **水飯** 飯を水に浸したもの。湯漬けに対するもので、夏に食べる。92 **釣殿** 寝殿造りの、池に臨んで建てられた建物。93 **神社** 水無瀬神社。大阪府三島《みしま》郡島本町にある。後鳥羽院の離宮があった。94 **隅田川** 荒川の分流で、東京都東部を貫流し東京湾に注ぐ。95 **男山** 京都府南西部の八幡《やわた》市にある山。96 **大淀** 淀川。大阪府を流れて大阪湾に注ぐ。97 **幕府追討のはかりごと** 一二二一年の承久《じょうきゅう》の乱。後鳥羽上皇は皇権回復を求めて討幕の兵を挙げたが、鎌倉幕府軍に鎮圧された。98 **隠岐のしま** 島根県北東部、日本海にある諸島。後鳥羽上皇が配流され、ここで崩御した。99 **月卿・雲客** 「月卿」は上達部、「雲客」は殿上人。

暖かさであったが日が落ちるとさすがに秋のゆうぐれらしい肌寒い風が身にしみる。わたしは俄《にわ》かに空腹をおぼえ、月の出を待つあいだにどこかで夕餉《ゆうげ》をしたためておく必要があることを思ってほどなく堤の上を街道の方へ引き返した。

これらの辞句のうちには、もっぱら言葉のつづき具合をなだらかにする必要から書き添えたものが多いのでありますが、そのために間隙が塞がり過ぎ、文章が稀薄《きはく》になっているとすれば、これらを除いてなだらかな調子を出すようにするのが当然であります。

なお、含蓄のことにつきましてここに書き洩《も》らしてあります点は、この読本のあらゆる項目を熟読玩味して下されば、もはやくだくだしく申し上げずとも、自ら諒解《りようかい》されるのであります。

以上、私は、文章道の全般にわたり、きわめて根本の事項だけを一通り説明致しましたが、枝葉末節の技巧についてことさら申し上げませんのは、申し上げても益がないことを信ずるがゆえでありまして、もし皆さんが感覚の錬磨を怠らなければ、教わらずとも次第に会得されるようになる、それを私は望むのであります。

解説

作者について——谷崎潤一郎

中村良衛

谷崎潤一郎はしばしば「大谷崎」と呼ばれる。その文業の偉大さを指しての謂いであるが、また、それを支えた欲望の大きさを暗示する。例えば彼は生涯四十回以上引っ越した。その手間を厭わなかったのは、主に理想の住まいに暮らしたいとの欲望のゆえだろう。また美食家にして健啖家であり、その贅によって高血圧症をはじめとする成人病に苦しんでも、食欲は衰えなかった。そして異性関係。結婚は三度だが、彼にとって理想の女性である松子夫人と結ばれた後も、彼の欲望は常に新たな対象を求めていた如くである。その時々の刺激から生じた欲望とは異なり、谷崎のそれは、いわば彼の存在の深いところに根ざしていた。

そして彼の文学のありようもそれと軌を一にする。日本の自然主義は、欲望を悪しきものと捉え、そうであればこそそれを告白し暴露することに意義を見出した。そうした倫理的風土の内に、「リアリズム」が追求されてきたのである。その中で、谷崎の欲望肯定はそれだけで特異なものであったと言わねばならない。「大谷崎」の「大」には、既存の目盛りではなかなか測定できない谷崎文学への、畏敬の思いも込められているようである。

谷崎潤一郎は、明治一九年七月二四日、東京市日本橋区蠣殻町二丁目（現・中央区日本橋人形町一丁目）に生まれた。母関は下町の番付で大関になったほどの美人。父倉五郎は婿養子。商売を拡張・成功させた祖父久右衛門ほどの商才に恵まれず、さまざまな商売に手を染めるが悉く失敗、家運は徐々に傾いていく。潤一郎は飛び級を認められた秀才だったが、学費を工面できず、廃学の寸前まで行った。その危機を、伯父や恩師、生涯を通じての親友だった笹沼源之助（東京初の本格的中華料理店偕楽園の一人息子）などの援助によって回避しつつ、第一高等学校英法科を経て明治四一年九月、東京帝国大学に入学。ここで国文科に転じたのは一高時代の初恋事件（当時精養軒の主の家に家庭教師兼書生として寄寓していたが、そこの小間使いと深い仲になったのが露見して、家を出された）の影響もあって創作家を志したからだが、将来に対する不安から神経衰弱になり、それを放蕩や放浪で紛らすような大学生活を送っていた。

明治四三年九月、小《お》山《さ》内薫《ないかおる》を中心に、和辻哲郎《わつじてつろう》、大貫晶川《おおぬきしょうせん》、木《き》村荘太《むらそうた》らと第二次「新思潮」を創刊。すでに第一高等学校時代から「校友会雑誌」に作品を発表していたが、この舞台を得て執筆が本格化し、この創刊号に『誕生』を、そして一一月号には『刺青』を発表した。翌四四年に授業料未納で大学は退学になるが、この作品が鍵となり、作家として生きる扉が開かれた。同年一一月の「三田文学」誌上で永井荷風《ながいかふう》に激賞されたのである。文壇情勢が背後にあってのことではあるが、荷風がその才能や世界を高く評価していたことは確かであり、二人の交誼は終生続いた。また『刺青』と並ぶ初期の代表作『秘密』が同年同月の「中央公論」に発表される。谷崎を物心両面で支えることになる中央公論社との付き合いがここから始まった。翌一二月、初の短編集『刺青』を刊行。明治四五年二月には『悪魔』を発表、官能への耽溺や公序良俗に背く異端性など西欧世紀末芸術との類縁性を感じさせるその作風は悪魔主義と呼ばれた。

この間、相変わらず不安定な生活ぶりであったが、大正四年、二九歳の時に石川千代と結婚、本所区新小梅町に新居を構え、翌年には長女鮎子を授かる。が、こうして家庭的環境が整うこと自体、谷崎にとって不本意だったようで、大正六年に母関が亡くなると、ほどなく妻子を置いて再び放浪生活に入った。大正七年一〇月には初の中国旅行に出かけ、一二月に帰国。翌大正八年二月に父倉五郎が死去、谷崎が戸主となったのに伴い、本郷区に居を構え、一年半ぶりに妻子と暮らすことになった。なおこの時には妹伊勢や末弟終平も同居している。さらに千代の妹せい子を引き取って養育するが、西洋風の美少女であったこの義妹に、谷崎の心は引きつけられていく。千代とは不和が続き、『途上』(大正九)など、妻殺しをモチーフにした先駆的探偵小説が書かれたりもした。谷崎は義妹せい子を映画女優とすべく映画の世界に関わりを持ち、大正活映の脚本部顧問となったり、『愛すればこそ』(大正一一)などの戯曲も執筆したりした。

千代の不遇を哀れんだのが親友の佐藤春夫《さとうはるお》で、彼女への同情はやがて愛情へと変わり、谷崎も千代を佐藤に譲ることに同意するが、大正一〇年三月に谷崎の側からそれを一方的に断ったため、両者は絶交する（小田原事件）。

転居を繰り返した後、同年九月からは横浜に落ち着いていたが、やがて彼を関東から離れさせる出来事が生じた。大正一二年九月一日の関東大震災である。箱根芦ノ湖に遊んでいた時に遭遇、奇跡的に難を逃れた彼は、同月下旬に一家を挙げて関西に移った。

大正一三年、『痴人の愛』を執筆、義妹せい子との関係を素材に、小悪魔ナオミに翻弄されることに喜びを見出すという愛の形を描いた。ここにはまだ横浜時代からの西洋趣味が顕著だが、関西移住の日々を重ねるうち、大きな変化が訪れる。谷崎にとって関西は、文化伝統であり、食であり、そして女性だった。

昭和二年、芥川龍之介のファンだった女性が大阪に講演に来た彼を訪ね、そこで同席していた谷崎と知り合った。大阪の豪商根津家の夫人松子である。関西の土壌がはぐくんだ彼女の気品と奥ゆかしさに、谷崎は徐々に惹かれていく。特異な愛の形を女性の上方言葉の語りで描いた『卍』（昭和三）に続いて執筆された『蓼喰ふ虫』（昭和三）には、ハリウッドの女優風の女性から、文楽の人形風の女性へと引きつけられていく主人公が登場する。その心の移ろいは、そのまま谷崎のそれであったろう。昭和五年に千代と正式に離婚し、千代は佐藤春夫の元に嫁ぐ。小田原事件が約二十年を経て決着を見たわけだが、これは「細君譲渡事件」としてスキャンダル視され、文学者のモラルを問う声も上がった。

一方谷崎は、翌六年四月に「文藝春秋」の編集者古川丁未子《とみこ》と内祝言をあげる。だが、彼女は、人妻で手の届かない存在だった松子の形代に過ぎなかった。谷崎は丁未子を伴って高野山に入り、『盲目物語』(昭和六)を執筆するが、盲法師弥一の思慕の対象であるお市の方に投影されていたのは松子であって丁未子ではなかった。

谷崎は松子の近くに居を移し、「倚松庵《いしょうあん》」と名づけて彼女との接点を積極的に増やしていった。松子もその思いにほだされた如くであり、昭和九年三月、二人は同棲を始め、翌月松子が正式に離婚、谷崎も昭和一〇年一月に離婚すると、直ちに二人は結婚した。谷崎四八歳、松子は三一歳である。先の『盲目物語』と共に、『武州公秘話』(昭和六)、『蘆刈』(昭和七)、『春琴抄』(昭和八)など、女神ともいうべき女性と、それに拝跪する男の至福を描いた作品がそうした中で紡ぎ出されていった。

現代文でありながら古文のような佇まいを持った文体(であり、かつ皆異なった文体を持つ。谷崎における文体の追求はそれ自体深められるべきテーマの一つである)で記されたこれらの作品は、谷崎文学の一つの頂点を形作る。古典回帰の時代ともいわれ、日本の伝統文化を独自に考察した『陰翳礼讃』(昭和八)もこの時期の結実である。

松子との安定した生活の中、丁未子、松子との関係に材を採った『猫と庄造と二人のをんな』（昭和一一）により現代物へとその世界は移るが、古典への関心も深化し、昭和一〇年九月から『源氏物語』の現代語訳という難事業に挑む。『潤一郎訳源氏物語』二六巻として完結したのは昭和一六年七月のことであった。これは、日中戦争（昭和一二年七月）から太平洋戦争（昭和一六年一二月）へと日本が軍事色に塗り固められていく時期でもある。谷崎はそうした時局と関わりなく執筆を続けたが、時局は谷崎を無視することはなかった。『源氏物語』現代語訳にも制約が入り、また、その完成後にとりかかった『細雪』は、昭和一八年一月から「中央公論」に連載を開始したものの、当局の圧力で六月には掲載中止となる。谷崎は疎開生活を送る中、発表のあてのないまま執筆を続け、その全容が読者に示されたのは、戦後、昭和二三年になってであった。美しい四人姉妹（松子夫人姉妹がモデル、なお松子の妹重子も谷崎の思慕の対象になっていた）を主人公に据え、四季のたゆたいとともに、悠揚迫らざる世界を構築した、谷崎の代表作である。戦時中は当局から忌避された、日本画のあでやかな絵巻にも喩えられるこの絢爛な世界が、戦後の人々に歓迎されたことは言うまでもない。これらの文業により昭和二四年に谷崎は志賀直哉と共に文化勲章を授与される。

『細雪』好評の陰で、戦後の谷崎は高血圧症という健康上の問題に悩まされ始めていた。が、谷崎はこの病や老いを新たなモチーフとして取り込んでいく。『少将滋幹の母』（昭和二四）

は、『吉野葛』(昭和六)などに連なる母恋物だが、六十歳を越えた老いの自覚がそこには影を落としている。その後、いわば「老人文学」という独自の世界を構築するに至るのだが、それに先立つ形で昭和二六年から『源氏物語』の新訳に着手、戦時下に受けた制約を見直し、昭和二九年『新訳源氏物語』(一二巻)として上梓される。

この間谷崎はめまぐるしく引越を行い、京都では「潺湲亭《せんかんてい》」(「前《さき》」と「後」がある)、熱海では「雪後庵」(これにも「後」がある)と移動した。さらに先の話になるが、熱海、東京を経て昭和三九年七月神奈川県湯河原「湘碧山房《しょうせきさんぼう》」に落ち着き、ここが終の棲家となった。『新訳源氏物語』刊行後しばらく健康を害し静養に努めたが、後の雪後庵に移った昭和二九年より旺盛な執筆活動を再開、『幼少時代』(昭和三〇)、『鍵』(昭和三一)などを発表した。特に『鍵』は中高年の夫婦が互いの日記を盗み読むことで性の享楽を追求するという作品で、その猥褻性が国会で取り上げられるなどした。

昭和三三年には高血圧症から右手の自由を失い、口述筆記を余儀なくされたが、伊吹和子という速記者を得、さらに新たなミューズ——松子の連れ子の妻であった渡辺千萬子《ちまこ》——を得て、その執筆は衰えることがなかった。それはあたかも不自由さが却って生命力と想像力を増幅させた如くであり、昭和三五年一〇月、狭心症を患い入院したものの、それをはねかえすかのように、妖しさをたたえた母恋物の『夢の浮橋』(昭和三四)や老人の放埒さを描いた『瘋癲老人日記《ふうてんろうじんにっき》』(昭和三六)などが発表された。なお『鍵』『瘋癲老人日記』は雑誌発表時から棟方志功《むなかたしこう》の版画が添えられ、谷崎の世界を奔放に彩っていたことを付記しておく。『台所太平記』（昭和三七）、『雪後庵夜話』（昭和三八）など執筆が続けられたが、昭和四〇年七月三〇日、腎不全から心不全を併発し、湯河原の湘碧山房にて永眠。享年七十九。松子夫人に看取られての最期だった。

八月三日、青山葬儀場にて葬儀。戒名は安楽寿院功誉文林徳潤居士。墓は京都市左京区鹿ヶ谷法然院と、また分骨され東京都豊島区慈眼寺（芥川が眠る）とにある。法然院の墓石には「寂」の一字が刻まれ、谷崎の死から二六年後の平成三年、松子夫人がそこに入った。谷崎の没年、中央公論社は谷崎潤一郎賞を設立、中央公論新社となった現在も存続している。

記述の国家（抄）

清水良典

「空想の世界」

所謂ロマンティシズムの作家とは、空想の世界の可能を信じ、それを現実の世界の上に置こうとする人々を云うのではなかろうか。芸術家の直観は、現象の世界を躍り超えて其の向う側にある永遠の世界を見る。プラトン的観念に合致する。——こう云う信仰に生きて行こうとするのが、真の浪漫主義者ではないだろうか。

（一九一九年「早春雑感」）

これが谷崎の思想の核心であるといっていい。

「空想の世界」を「現実の世界の上に置」くとは、どういうことなのか。

一九一〇（明治四十三）年のデビュー以来、新進作家時代を越して人気中堅作家の地歩を固めた頃から、すなわち一九一〇年代後半（大正六、七年頃）から、彼の作品は急速に観念化の途を辿りはじめる。表面的には初期の谷崎文学は善と悪の葛藤を扱ったもの、美への憧憬をテーマとしたものと大別できるし、作品の趣向も幻想小説に、歴史小説に、あるいは自伝風小説にと多彩に書き分けられている。しかし、それらの模索を通して、やがて少しずつ作者の代弁者と覚しい人物が果てしなく観念的な会話、もしくは述懐を繰り広げる現代小説が増してくるのだ。具体的にいえば一九一七（大正六）年の「異端者の悲しみ」から一九二四（大正十三）年の「痴人の愛」までの間に、幻想、怪奇小説と歴史小説の類は一九一七年に集中して書かれて以降、五指に余るほどしかない。この極端な作風の偏向は、ちょうど一九三一（昭和六）年から三五（昭和十）年にかけての歴史小説への極端な偏向と興味深い対照を呈している。

この時期は谷崎文学のいってみれば〝暗黒時代〟で、一般に不毛な悪魔主義の観念遊戯に陥っていた低迷期と考えられてきた。佐藤春夫が痛烈に非難を加えたのがこの時期である。そのせいか谷崎本人もこの観念化の道程を示す数多くの作品を生前抹殺しようと図った（長編を主として多くの作品が生前の全集には収められていない）。そのためにこの時期の谷崎の思想的模索の足跡は多くの谷崎論の試みから不当に軽視されてきた。

しかし、谷崎の思想がこの時期ほど記述の明るみに曝されたことはないのだ。「あやふやな」「空疎な」観念が、ほとんど偏執的といってよいほど繰り返されるうちに、次第にその思考がある一定のパターンを帯びてくることを、読み進む者は知るであろう。それは次のようなものである。

自分の頭の中に住んで居る幻の彼女が真実の栄子であって、此の世に生きて居る彼女は、本物の栄子を悪くした擬《まが》い物《もの》ではないだろうか。——そんな風にさえ彼は思った。人間として生れて来た彼女は、無恥な、愚かな、慾張りな、貧しい娘に過ぎないけれど、空想の世界に輝いて居る彼女は、永遠の生命を持った妖艶な「女性」の実体のように感ぜられた。

（一九一八年「金と銀」）

己は此れ迄、極端なる女性崇拝者であったが、その崇拝の対象となって居るものは、己の『悪い魂』が空想して居る女性の幻影に過ぎなかった。己がたまたま、一人の女を恋するのは、その女の中に自分勝手な幻影を見て居るのであった。

（一九一八年「前科者」）

金と自由と経験とがありさえしたら、己は何よりも活動写真をやって見たい。一つの映画劇を作るという事は、その心理が実に面白い。最初に己は脚本を作る。そうしてそれを頭の中で夢にして見る。夢の世界でいろんな人間の幻がちらちらする。それから己はその幻に似たものを、此の世の中に生きている男や女の中から捜し出す。その場合に、己の幻こそ本体なので、俳優たちはその影なのだと己は思う。彫刻家が大理石を材料にするように、己は人間を材料に使って、永久の夢を作っているのだと、そう考える。

（一九二三年「肉塊」）

これらの引用を読み比べると、ほとんど一致した相似形を描いていることに驚かされるとともに、先ほどの「早春雑感」の記述が思い返されるだろう。

美の「実体」「本体」は頭のなかの「空想」「幻」のなかに在り、現実に生きている人間の美はその「擬い物」「影」に過ぎない。現象的には現実の人間や物の美を追求しているように見えても、実は彼が真に希求している「永遠の」「実体」は空想の世界に在る。現実は空想の影であって、決して空想を超えて人間を支配することはできない。——これが「空想の世界」を「現実の世界の上に置」くということらしい。人間の認識領域を、「現実」と「空想」に二分してしまう単純さはここでは問うまい。少なくとも、このような発想に固執した谷崎が、佐藤のいう現実生活への「自己省察」と無縁であったのは当然だろう。彼にはリアリズムが不足しているのではない。むしろそれは真に「リアル」なものの対立物として峻別され、拒まれているのだ。彼が求めようとしたものは、物質的な現実認識ではなく、それを創造し、かつ超越しうる「空想」（「幻」「夢」）世界の樹立なのである。

異端者

谷崎文学の思想にどんなに無関心な読者でも、そのトレードマークというべき〈女性崇拝〉や〈マゾヒズム〉の〝評判〟は知っている。そしてナオミに代表された、わがままで贅沢な美少女と彼女に拝跪し弄ばれる男との、何組もの取り合わせを思い浮かべることができるだろう。

しかしその男を支配する美しい女は、実は彼の空想の世界に存在する「実体」の、現実における「擬い物」なのだ、と谷崎はいう。すると女に寄せる男の愛や奉仕はまやかしなのだろうか。それは手の込んだ自己愛に他ならないのだろうか。

ここでわれわれは、上澄みの底の濁った沈澱のなかへ、すなわち谷崎の思想の出自の暗がりへ下りて行かなければならない。

谷崎潤一郎は、下層町民として生まれ、幼時は贅沢に暮らしたものの父親の零落によって、やがて召使い同然の書生奉公まで身を落とし、ひたすら未来の栄達を夢見る、無惨な青春を送った。

薄ぐらき六畳の書生部屋の隅々に蚊のなくこえそぞろかなしく、人知れぬくらがりに忍び泣きの涙頬をつたわりて一椀の夕飯も喉につまりき。それより後は浮世と云うものの冷かさ、貧というものの口惜しさ、腸にしみ、世をのろい他人をにくむおもい胸に凝りて、おぞや血のもゆる青春の心はひたふるに名利のあとをのみ追うて走り、我につらき、われをさげすむ世の人に復讐せんず一念の外、愛もなく歌もなく、黙々として日々書籍にむかいぬ。（一九〇七年「死火山」『一高校友会雑誌』百七十一号）

「饒太郎」「神童」「鬼の面」「異端者の悲しみ」などの一連の自伝的作品の基調をなす記述の特性が、この初期文章にはすでに表れている。

それは自己の〈歴史化〉または〈文体化〉ということだ。自己の人生を作品化したというより、ここで谷崎は作品化をめざした自己像を、歴史を語るように創出し規定しようとしている。つまり「愛もなく歌もな」い悲劇的な、憎悪と憧憬にみちた人格像を、叙事詩的な〝事実〟に化してしまおうとする意思が、この文章には働いている。彼の自意識は、いわばこのような〈文体〉の学習と再生産によって逆説的に形成されているのだ。

言文一致の進行過程ですさまじいほどの勢いで変化が生じたのは、まさに谷崎がこの文を書いた一九〇七（明治四十）年前後である。それはただ口語体が広まったというだけではない。〈自己〉を語る文体が競って求められていたということであり、それは逆にいえば、最新の文体によって文学者たちが競って〈自己〉を作り上げては発表し合っていたということである。谷崎の自意識は右のような、「浮世」のどん底から立身をめざす、古風な「復讐」譚の文脈をベースとして持ちながら、やがてその古風な語彙の教養を活かした口語文体を獲得していったのである。

路を歩いても、電車に乗っても、周囲の人間が悉く自分の脚下に蠢動して居るような、恐ろしく驕慢な気持ちが暫く彼の胸の中に続いて居た。「己は非凡な人物である。天才の卵である。」と、彼は有頂天になって心の底で繰り返した。今にもあれ、蓋世の大事業を成し遂げて、功名と栄達の絶頂に辿り着く幸福な時代が、つい鼻の先にほほ笑んで居るかのように感ぜられた。

（一九一六年「鬼の面」傍点原文）

何と云ったって此の裏長屋に、幾百人と云う住民の居る此の八丁堀の町内に、ベルグソンの哲学なんかを知って居る者は己を除いてありはしない。

（一九一七年「異端者の悲しみ」）

……少年時代に、過度の勉強と貧乏な境遇とが不自然な迫害を加えて、芽を吹き出そうとする生長の力を中途で阻んでしまった為め、風霜に打たれた花の莟のように、無惨にも彼の輪廓は畸形的に押し歪められてしまったのである。（中略）うら若い婦人共の研きに研いた明眸皓歯をまざまざと見せられる時、春之助は自分の身の上を獣の如く卑しみ疎んじた。（中略）あの少女等は美しきが故に大人と等しい凡べての享楽を与えられて居る。奢侈も生意気も恋も虚言も、「美しきが故に」彼等は実行の特権を持って居る。（中略）「あらゆる悪事が美貌の女に許されなければならない。」――春之助は自然とそう云う風な考えに導かれて行った。（中略）
絢爛な舞台の上に艶麗な肉体を曝して、栄華と歓楽との錦を織りなす劇場の空気の中に、夢のような月日を過して行く俳優の生活の花やかさを想うと彼は生きがいのない自分の命の惨めさを恨んだ。（一九一六年「神童」）

彼にとって美は常に富の同義語であった。しかし一方で「陋巷のあばら屋」（「異端者の悲しみ」）に住んでいる自分が「偉大なる天才」であることの甘美な予感もまた彼の自意識を支えていた。中村光夫がいうように、これは「異端者の悲しみ」ではなく「誇り」なのだ。つまり不遇な逆境に置かれているゆえに、彼の夢は保たれるのであって、美しき富める肉体の歓びへの憧れは、貧しき天才の誇りの全く等価の反転なのである。貧困ゆえに卑しめられれば卑しめられるほど、誇りと、それに反した歓楽への憧れは増大する。「悪魔主義」と

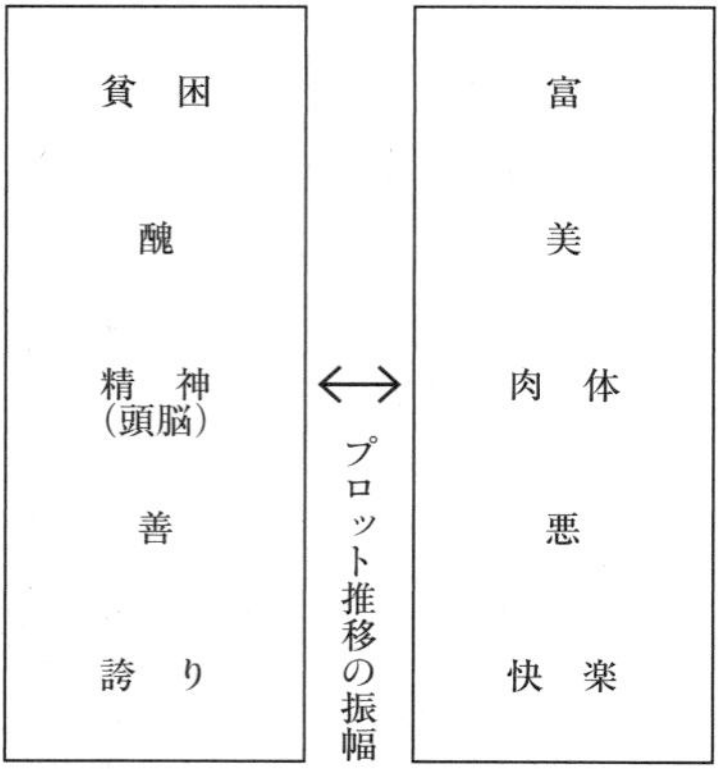

谷崎初期作品のアンビヴァレンス構造

呼ばれた時期の谷崎文学は、このアンビヴァレントな自意識の構造によって成り立っている。

　谷崎が惨めな貧民であった時期は、そのアンビヴァレンスが自然において保証され温存された時代であった。彼は惨めな、誇り高い、しかし肉体の歓楽の悪徳に憧れ蝕まれた人間でありさえすればよかったのだ。天才児の誇りが、醜い「獣」の劣等感と交錯し、懊悩しながら崩壊していく過程が、当時の谷崎文学の幸福な〈歴史〉だった。その自我の危機においては脱却が意図されたのではなく、むしろ危機を産み出し、維持することによって自意識が保たれていたのだ。そこでは不幸な人間の懊悩が記述されたのではなく、記述によって懊悩という文学の「誇り」が創出され、語られる自己が量産されていたのだ。

　彼にとって本当の危機は、自意識の拠りどころであった惨めな貧困を彼が喪ったとき到来した。

　たとえば「異端者の悲しみ」が読者の心を打つのは、貧しい家庭で病死していく主人公の妹と、なす術なくそれを見守る両親の悲惨さが、主人公の利己的な懊悩にリアリティを補給しているからである。もしこの悲惨さが抜け落ちてしまえば、あとに残る主人公の観念は救い難く空々しい独り相撲に感じられることだろう。作家としての成功が谷崎の生活を好転させるに従って、皮肉にも彼は作家としての自意識の基盤を喪失していくことになる。いいかえれば彼は〈文体〉を喪ったのであって、この時期を佐藤春夫が「空疎」と評したのも理由のないことではない。

この危機において、貧困と富のアンビヴァレンスの上に成り立った自意識の構造を、そっくり醜と美、あるいは賤と貴の関係に擦り替え展開させる装置として機能したのが、マゾヒズムであった。

谷崎にとってマゾヒズムの発見は、病理的な意味ではなく、自意識の構造にとっての自己確立であり、新たな〈文体〉の習得だったのだ。

陰　画

然るに、忘れもしない大学の文科の一年に居た折の事、彼はふとした機会からクラフトエビングの著書を繙いたのである。その時の饒太郎の驚愕と喜悦と昂奮とはどのくらいであったろうか？（中略）

けれども亦、之と反対に一種の安心と喜悦と慰藉とが彼の心に生れ出たのも否定し難い事実であった。彼はルウソオ、ボオドレエルを始めとして、自分と同じMasochismの煩悩に囚われた多くの天才者のある事を知った。少しく厳密な意味で調べたならば、ダンテ、シエクスピア、ゲエテの作物にも著しくその傾向のある事を教えられた。彼は文学者として世に立つのに、自分の性癖が少しも妨げにならないばかりか、自分はMasochisten の芸術家として立つより外、此の世に生きる術のない事を悟った。

（一九一四年「饒太郎」）

このとき谷崎は、彼にとっての〈近代〉を自覚したといってよいのだ。彼が本来病理学的な記述に鼓舞されたのは、ルソー、ボードレールら西欧のインテリジェンスにつながる幻想によってであって、ここには陋巷のあばら屋に住む不遇な天才として自己を意識したのと同じく、正常な凡人のなかに潜む病的な天才として自己を見出した彼の「異端者の誇り」が語られているのだ。

自分が周囲の凡庸な善人とは異質であること、「近代的な病的な神経」（「富美子の足」）をもっていること、それを実践し確認するためには社会規範と闘い苦悶しなければならないこと、――そのような存在として自己を規定したことが谷崎におけるシュトルム・ウント・ドランクだったのだ。

これはおそらく日本の近代知識人全体に秘められた問題なのだが、谷崎にとっての自我の自立は、一市民としてではなく、市民的規範から逸脱し疎外された存在として成立している。しかもさらに彼の場合は、疎外され排斥されるがゆえの〈賤〉者としての自己と、凡庸ならざるがゆえの〈貴〉者としての自己とが、アンビヴァレントな補完関係として機能している。苦しい枷であると同時に、記述をもたらし、作品を産み出す原動力として、彼はそのような自己をみずから選びとったのだった。

谷崎文学にとって〈マゾヒズム〉はのちの〈古典主義〉と同じく、それにもまして読者が常に躓かされてきた大きな岩だった。谷崎の告白をわれわれは犯罪者の自供のように小躍りして読んできた。しかしその告白の記述そのものが、彼によって企図された、つまり選ばれた自意識の模型であり、学習された〈文体〉なのだった。

したがって、谷崎文学における〈マゾヒズム〉を精神病理学的に論ずることほど愚かしいことはない。なぜなら彼自身が、その論を支える知識の利用者であるからだ。われわれの前にいるのは、マゾヒストの患者ではない。それはマゾヒズム現象を言語化する患者ではなく、むしろ医師に近い人物である。覚醒し意識しながら、彼はそれを恥じるのではなく自負と自立の根拠としているのだ。

マゾヒズムの古典であるザッヘル＝マゾッホの『毛皮を着たヴィーナス』で女は次のように宣言する。「このうえない歓び、神々の晴れやかさそのものであるような愛は、反省の子であるあなたがた近代人には、所詮無縁なのだわ。あなたがたが持ってくるのは災いばかり。あなたがたは自然であろうとすると卑俗になるのね」。「官能の世界を敵に回した精神の闘争、それが近代人の福音書ですのね。私はそんなものは願い下げですわ」(種村季弘訳)。

リアリズムという「自己省察」が自然主義文学の〈近代〉だとすれば、マゾヒズムは谷崎にとって裏返しにされた陰画の〈(脱-)近代〉であった。

帝国

G・ドゥルーズがこう述べている。

制度的専有の言葉で思考するのはサディストであり、盟約関係の用語で思考するのはマゾヒストだ。専有はサディスムに固有の狂気であり、契約はマゾヒズムに固有の狂気なのだ。マゾヒストは専制的女性を養成せねばならない。説得し契約に「署名」させなければならないのだ。マゾヒストは本質的に訓育者なのである。そしてその教育学的企てに内包された失敗の危険を冒す。(「マゾッホとサド」蓮實重彦訳)

サディズムの夢は行為による自己の実現にある。行為はサディズムにとって、夢の完成であると同時に苦い崩壊でもある。一方マゾヒズムにおける行為とは、他者を企画することによってしか実現しえないのだ。望まれる他者、すなわち「専制的女性」を捜し出し、設計し、演出せねばならない。それは自己の行為であると同時に、他者の行為の実現である。しかし他者はどんなに理想に近づこうとも、自己を満たすことはできない。つまりマゾヒストは本質的に不可能な他者を追い求めるのだ。

ドゥルーズのいう「狂気」とは、「契約」によってこの不可能な他者を造り出そうとする狂気に他ならない。マゾヒストに夢見られる「専制的女性」とは、ありえない自己の幻なのであって、そこにあるのは他者の実現を自己の実現に倒置する狂気なのだ。

谷崎が賢明だったのは、この〈狂気〉を創作の情熱に置き換えたところにある。彼は望まれる他者の実現の不可能性をもとより知っていた。それよりも、ありえぬ他者への憧憬を恒久的に持続する装置として、マゾヒズムは装われたのである。空想が実現不可能であるゆえにこそ、途絶えることのない空想が保証されたのだ。

一体饒太郎に限らず、多くの Masochisten は残酷な獣性を具備する婦人に邂逅する事を望んで居るのだが、そのような婦人は実際世の中に存在して居る筈はないので、つまり、成る可く鉄面皮な、利慾の為めにはいかなる行為も辞しないような Prostitute を手なずけた上、自分に対して能う限り残酷な挙動を演じてくれるように金を与えて注文するより外はないのである。（中略）彼は纔かに自分の想像を小説に作って、心密かに恍惚とするより外はなかったが、勿論そのような手ぬるい刺戟でいつ迄も満足すべき筈はない。

（「饒太郎」）

丁度彫刻家が木や石を材料として自己の芸術を創造するように、彼は彼の女の肉体と霊魂とを土台にして、其処に自分の幻覚《イリュージョン》を表現させようと努めて居る。つまり、彼の女を能う限り非自然的な、非現実的な、非習慣的な、若しくは演劇的な性格に作り上げる事が、差しあたっての彼の仕事なのである。（中略）

「恋愛は芸術である。血と肉とを以て作られる最高の芸術である。」――幸吉は斯く信じて、一生懸命に自分の恋人を創作しようと努めて居る。同時に、其れが芸術家たる彼の生活の、主要なる唯一の目的と考えて居る。

（一九一四年「捨てられる迄」）

これらの主人公にとって現実の生活は、夢見られた空想の疑似的実現の舞台でしかない。その実現化の過程と、結果としての失敗もしくは破滅を「作品」化するのが、谷崎の事実上の創作方法だった。その意味では生活は、「作品」のための実演場・実験室だったといいかえてもよい。

しかしそれは生活の「作品」化なのではない。「作品」の空想がむしろ生活の現実を支配し規定しているのである。なぜなら実現を志すほど現実は空想の不完全な実現でしかないことによって、空想をいよいよ募らせ、それがさらに望ましい実現を生活に要求することになるからだ。空想の実現をめざす生活は、実は空想をますます現実から分離し、より尖鋭に増殖する行為なのである。

おそらく当時の彼にとっては、記述じたいよりも、記述に奉仕する生活の維持のほうがはるかに困難な忍耐と意志を必要としたことだろう。

「予は予のジニアスを悉く予の生活《ライフ》に費したり、予の著述には単にタレントを費したるのみ。」これはO. Wildeが友人のGideに云った言葉である。去年から今年の夏へかけての僕の生活も殆んど此れと同様であった。（中略）僕に取ってはlife of artの方がart of lifeよりも重大であるから。

（一九一三年、谷崎精二宛書簡）

私に取って、第一が芸術、第二が生活であった。初めは出来るだけ生活を芸術と一致させ、若しくは芸術に隷属させようと努めて見た。私が「刺青」を書き、「捨てられるまで《（ママ）》」を書き、「饒太郎」を書いた時分には、其れが可能の事であるように思われて居た。又或る程度まで、私は私の病的な官能生活を、極めて秘密に実行して居た。やがて私は、自分の生活と芸術との間に見逃し難いギャップがあると感じた時、せめては生活を芸術の為めに有益に費消しようと企てた。（一九一六年「父となりて」）

このようなポリシーを自覚したときから、谷崎は尋常にいう意味での〈生活〉を棄てていたのだ。少なくとも「自己省察」によって生活の日常性から作品を紡ぎだす「art of life」を棄てたのだ。彼にとって日常の現実は見果てぬ空想の僕《しもべ》として、材料として、実験台として生産されていた。それを次々と消費しつづける圧倒的な力が、彼を支配する最高の権力、すなわち〈芸術〉という幻想であった。彼はいわば〈芸術〉という帝国に自己の生活を領土として捧げてしまったのであって、生活者としての彼はその〝植民地〟の管理者にすぎないのだ。

植民地には苛政が必要となる。〈悪魔主義〉も〈マゾヒズム〉もその植民地における制度であった。それらを覆う表面的な〈狂気〉は、芸術に仕える作家谷崎のまことに緻密な理性そのものなのだった。「契約」がマゾヒズムの狂気であるなら、谷崎が本当に「契約」した相手は女ではなく、生活者としての自己なのだ。

先に引用した「早春雑感」で、「空想の世界」を「現実の世界の上に置」くと書かれていたことを、ここでもう一度思い出そう。

空想の世界に存在するのは「永遠の女性」の実体だけではない。

谷崎の青春の自意識を占めた悲惨で醜悪な現実といやしがたい天才の夢想との二律背反は、退屈な現実と甘美な快楽の空想との関係に変換された。そして快楽の空想が生活の制度となり、生活は記述の装置となった。倫理も美意識も、決して実現しえない空想に隷属することによって、作家谷崎は記述の方法を得たのだ。空想の世界から彼に「お前さんは真先に私の肥料《こやし》になったんだねえ」（「刺青」）とささやきかけた女は、〈芸術〉帝国の全権特使なのだった。

それはロマンティシズムと名付けるにはあまりに無謀な、〈芸術〉という苛酷な帝国主義への忠誠宣言だった。

盲目

……多分お久と云うものが或る特定な一人の女でなく、むしろ一つのタイプであるように考えられていたからであった。事実要は老人に仕えているお久でなくとも「お久」でさえあればいいであろう。彼の私《ひそ》かに思いをよせている「お久」は、或はここにいるお久よりも一層お久らしい「お久」でもあろう。（一九二八年「蓼喰う虫」）

畢竟めしいの佐助は現実に眼を閉じ永劫不変の観念境へ飛躍したのである彼の視野に

は過去の記憶の世界だけがあるもし春琴が災禍のため性格を変えてしまったとしたらそう云う人間はもう春琴ではない

（中略）

佐助は現実の春琴を以て観念の春琴を喚び起す媒介としたのである

（一九三三年「春琴抄」）

大正年間に確立された谷崎の「空想」哲学を低迷期の一時的な「空疎な」思想と考えるなら、これらの文章を何と見るべきだろうか。

一般に谷崎文学を論ずる場合、大正期のモダニズムと、関西移住後の「蓼喰う虫」以降のいわゆる〈古典回帰〉とは峻別して捉えるのが定石である。それは百八十度の転換であって、それによって王朝絵巻風の絢爛たる大谷崎文学が開花したのであり、日陰の花であったマゾヒズムと美女崇拝が伝統の日向《ひなた》の土壌に植え替えられることで初めて市民権を誇れるようになったのだ——と、人はいう。

しかし〈古典回帰〉の端緒を開いたとされる「蓼喰う虫」と、その絶頂に位置する「春琴抄」の右の文章は、明らかにあの「早春雑感」時代の「金と銀」や「肉塊」における記述と同一の軸上にある。空想の世界の「永遠の女性」こそが真の崇拝の対象であって、現実の肉体としての女の存在はそれを反映した「影」であり「擬い物」に過ぎないというあの思想は、より強まりこそすれ、少しも変質してはいない。

谷崎は何も変わっていないのだ。ほとんどその差異は彼の描く空想の世界の「永遠の女性」が、ドレスから着物へ衣裳を替えただけのことだといってよいのである。たとえば「春琴抄」ではより尖鋭に進化した「空想の世界」が語られる。現実の火傷を負った春琴に対して、佐助は目を突いて盲目となることで現象的なリアリズムを棄捨する。そこに「永劫不変の観念境」が成立する。それは現実との背反から出発しながらそれを超越し絶対化された「空想」「観念」の世界だ。

ここには以前の谷崎を苦しめた現実のたえまない脅威、いいかえれば実現されたリアリティへのコンプレックスがない。かつての谷崎文学の記述は空想の実践に、つまり現実化された空想に充足していた。空想を実現しようとすればするほど空想は遠くなり、現実は汚れ傷ついていった。その緊張状態を一種の制度として彼に強いたのがマゾヒズムであった。しかしその傷ついた現実の絶望と新たな渇望によってこそ彼は記述しえたのであり、たとえそれが「影」「擬い物」であろうとも、近似値の現実にやはり彼は執着せずにはおれなかったのだ。

その姿勢からすれば、「春琴抄」で火傷を負って醜くなった春琴は、主人公にとって空想の実現の破綻であり、彼の崇拝は対象を喪うはずである。つまり佐助にとって現実はもはや空想の近似値ではなく、逆に空想を否定し彼に二者択一の選択を迫るものとして出現している。作者もその現実を読者の目から隠しはしない。

「焼け爛れた皮膚が乾き切るまでに二箇月以上を要した中々の重傷だったのである。されば物凄い相貌の変り方について種々奇怪なる噂が立ち毛髪が剝落して左半分が禿げ頭になっていたと云うような風聞も根のない臆説とのみ排し去る訳には行かない」と書かれたとき、読者もまた美しいヒロインを喪失した混乱に立ち会わされるのである。つまり読者も二者択一の分岐に立たされるのだ。

しかし佐助は絶望しないし、物語は破綻しない。むしろ物語は、次に佐助が目を突いて盲目となるという行為を必然として導き出し、その意味を開示するために仕組まれた装置なのである。つまり佐助の行為は実は装われた二者択一であり、すでに彼において自明であった意識を読者に開示するための象徴的行為なのである。実際に目を突く前から彼の意識は目を突いていた。ここで目を突かれたのは、あるいは目を突くかどうかの二者択一を選択させられるのは読者なのである。つまりそこでの二極の対蹠物は、読者の内部のリアリズムなのだ。

佐助は春琴を喪ったのではない。リアリズムの春琴を、すなわち「擬い物」の春琴を棄てたのである。それは現実からの逃避ではなく、本来彼が真に従属していた世界への帰還にすぎない。現実はもはや空想と対等に並んで選択を待つのではなく、空想の劣性として、引き立て役として、装われた見せかけのライバルを演ずるだけなのである。

もし自分であれを映画化するとすれば、目を突いて盲目になってしまってからの佐助を通じて、春琴を幻想の世界にうつくしく描き、それと現実の世界とを交錯させて話をすすめて行くようにすれば、（中略）成功すれば、きっと面白いものが出来あがるのではないかと思っている。（一九三五年「映画への感想――『春琴抄』映画化に際して――」）

ここで谷崎の述べている「現実の世界」が、皮膚が「焼け爛れ」「毛髪が剥落して左半分が禿げ頭になっていた」春琴であることを想起すれば、谷崎の意図がどれだけ異様で、かつ挑戦的であったか容易に想像できるだろう。

視ることをやめた佐助にとっては現実は「風聞」でしかない。美しい春琴の空想に執着することも、「風聞」を受け容れて幻滅することも、どちらも幻想に過ぎない。つまりここでは、自己の幻想を絶対化しえた幸福な佐助と、リアリズムの不幸を思い知らされる観客とが対比されるのである。そして谷崎は、予め「春琴を幻想の世界にうつくしく描」くことによって、佐助の背後から勝ち誇っているのだ。

このようにして谷崎はようやく念願どおり「空想の世界を現実の世界の上に置」くことができたのである。佐助は「早春雑感」の宣言の忠実な実践者であり、「春琴抄」は作者の思想の究極のモデルケースとして読者と対決するのである。

教　義

佐助が自ら眼を突いた話を天竜寺の峩山和尚が聞いて、転瞬の間に内外《ないげ》を断じ醜を美に回した禅機を賞し達人の所為に庶幾しと云ったと云うが読者諸賢は首肯せらるるや否や

「春琴抄」は空想・観念の一種の絶対境をわれわれに提出している。それは認識論的な方法論として読まれなければならないものだ。快楽あるいは幸福を成立させている意識を、一切の外的現象の制約から切り離し解放すること。大袈裟にいえばハイデッガーのいう〈世界‐内‐存在〉としての人間の認識を内部変革すること。——谷崎のいう「内外を断じ醜を美に回した」「達人の所為」は、このような可能性を暗示しているらしい。

われわれがそれに「首肯」しようがすまいが、すでに佐助は現実の春琴を超克し、作者は一方的に勝利宣言を突きつけている。こうして、矛盾も葛藤も認めないシンプルなセオリーによって閉じられた帝国が築かれたのだ。谷崎がその帝国を建築し防御するためにいかに周到に城壁を塗り固めたかを、われわれは次の有名な仕事から窺うことができる。

美は物体にあるのではなく、物体と物体との作り出す陰翳のあや、明暗にあると考える。夜光の珠も暗中に置けば光彩を放つが、白日の下に曝せば宝石の魅力を失う如く、陰翳の作用を離れて美はないと思う。

（一九三三年「陰翳礼讃」）

含蓄と云いますのは、前段「品格」の項に於いて説きました「饒舌を慎しむこと」がそれに当ります。尚云い換えれば、「イ　余りはっきりさせようとせぬこと」及び「ロ　意味のつながりに間隙を置くこと」が、即ち含蓄になるのであります。

（一九三四年「文章読本」）

「春琴抄」とほとんど並行して書かれたこれらのポピュラーな著作の本質を、われわれは容易に理解することができる。谷崎が「陰翳」と呼び「含蓄」と呼ぶものは、「白日の下」の現実性・客観性を覆い隠し、それによって空想の世界を築き上げる目隠しに他ならない。つまり谷崎はわれわれに、佐助のように目を突けと説いているのだ。「春琴抄」が佐助の行為を借りた認識論であるとすれば、これらはそれぞれ同心円を描いた文明論であり文体論であるといわねばならない。この三位一体のトライアングルが、頂点に達したこの時期の谷崎の思想の紋章なのである。

ここではかつての谷崎の思想に何ひとつ付け加えられていないと見える。あの「空想の世界」の素朴な思想は一貫して受け継がれており、いささかの変更もないまま自己完結している。しかしこの完結は、何ものかを得たこと以上に、何ものかを排除したことによって遂げられたものだといえるかもしれない。

佐助はなぜ目を突いたのか。「目を突く」とは、どういうことなのか。それは所有を捨てたということである。実現されたとたんに、沸点に達した欲望は、もはや生命を喪う。というより、欲望の完璧な実現、あるいは美の所有とは、小さな死なのだ。谷崎が知ったのはそのことだった。〈所有〉の廃棄によって、かえって彼は永久に現実に脅かされない――つまり決して完結しない美へ越境することができたのである。

闇も含蓄も、明視と完結を妨げながら、結局、所有の死から美を保護しつづけるサンクチュアリ（避難場所＝聖域）に他ならない。

それは、いかにも偏狭に閉じられた〝教義〟のように見える。だが、閉じられているのは、じつは実現と所有の欲望にとり憑かれたわれわれの「現実」的な理念のほうである。

しかし、いまはそれを語るのは性急すぎる。少なくとも、ここで谷崎に大きな変化がひとつ起こっている。それは、彼があんなに語ってやまなかった自意識を棄てたことである。そして「自分」を語る誇りの快楽と取り替えられた幸福な沈黙が、もはや現実に妨げられない空想の絶対境を物語るのだ。

（『作文する小説家』筑摩書房、一九九三年）

年譜（太字の数字は月・日）

一八八六（明治一九）年　**7・24**東京市日本橋区（現・中央区）蠣殻町に、父・倉五郎、母・関の次男として生まれた。長男が夭折したため、潤一郎と命名された。祖父・久右衛門は「谷崎活版所」を経営し、近くの米穀取引所の米相場を印刷発行しており、一代で財を成した。婿養子の父・倉五郎は商才がなく、米穀取引所の仲買人となるが、失敗をくり返した。潤一郎の下に三男三女がある。

一八九二（明治二五）年　六歳　**9**日本橋区阪本小学校に入学。一年は乳母の付添いなしでは通学できないほど極端な内気で、欠席が多く、二年進級時に落第。二年は首席で進級した。

一八九七（明治三〇）年　一一歳　**3**阪本小学校尋常科を卒業。**4**高等科一年に進学。文学にめざめる。

一八九八（明治三一）年　一二歳　「少年世界」に連載の「新八犬伝」や「日本歴史譚」叢書を愛読。「学生倶楽部」に小説などを発表。

一八九九（明治三二）年　一三歳　秋香塾で漢文を、欧文正鴻学館で英語を学ぶ。

一九〇一（明治三四）年　一五歳　3阪本小学校高等科全科を卒業。父の事業がおもわしくないため、中学への進学も困難だったが、教師らの配慮や、親戚の援助などにより、4東京府立第一中学校（現・都立日比谷高校）に入学。一級上に辰野隆、吉井勇、一級下に大貫雪之助（晶川、岡本かの子の兄）がいた。在学中文芸部委員となり、しばしば学友会雑誌に漢詩や短文などを発表した。

一九〇二（明治三五）年　一六歳　6父の事業はますます苦しくなり、学業続行が難しくなるが、教師の世話で、築地精養軒の経営者北村家の住込み家庭教師となり学業を続けた。9二年の課程を越えて、三年に進級。この年、学友会雑誌に「道徳的観念と美的観念」を発表。

一九〇五（明治三八）年　一九歳　3府立第一中学校を卒業。9第一高等学校英法科に入学。

一九〇七（明治四〇）年　二一歳　3短編小説「狆の葬式」を、6「うろ覚え」を「一高校友会雑誌」に発表。初恋の相手、北村家の小間使穂積フクへの手紙が発見され、同家を出る。この事件を契機に文学で身を立てる決意を固め、英文科に転じ、一高の寮に入る。伯父や友人らの援助を受けた。

一九〇八（明治四一）年　二二歳　7第一高等学校を卒業。9東京帝国大学国文科に入学。

一九〇九（明治四二）年　二三歳　史劇「誕生」を書き「帝国文学」へ送ったが没となった。また、短編「一日」を書き、人を介して「早稲田文学」に掲載を依頼したが実現しなかった。失意と焦慮のため強度の神経衰弱にかかり、常陸の助川（現・茨城県日立市）に転地。この地で永井荷風の「あめりか物語」を読み、感動する。

一九一〇（明治四三）年　二四歳　この頃、一時山形で新聞記者になろうとしたことがあった。9小山内薫、和辻哲郎、大貫晶川、木村荘太らと同人雑誌「新思潮」（第二次）を創刊。月謝滞納のため大学を諭旨退学を勧告された。9史劇「誕生」と『門』を評す」を、10脚本「象」を、11「刺青」「The Affair of Two Watches」を、12「麒麟」を、いずれも「新思潮」に発表。

一九一一（明治四四）年　二五歳　1戯曲「信西」を「スバル」に発表。3「新思潮」廃刊。6「少年」を、9「幇間」を「スバル」に、10「飈風」（発禁）を「三田文学」に発表。11「三田文学」誌上で永井荷風の激賞をうけ、新進作家として文壇にデビューした。「秘密」を「中央公論」に発表。12短編集「刺青」を籾山書店より刊行。

一九一二（明治四五・大正元）年　二六歳　2「悪魔」を「中央公論」に、「あくび」を「東京日日新聞」に発表。**4**京都に遊ぶ。神経衰弱が再発。**4**〜**5**「朱雀日記」を「大阪毎日新聞」「東京日日新聞」に、**7**「羹」を「東京日日新聞」に連載（**11**完）。**7**徴兵検査を受けるが、不合格となる。

一九一三（大正二）年　二七歳　**1**「続悪魔」を「中央公論」に発表。短編集「悪魔」を籾山書店より、「羹」を春陽堂より刊行。**4**「少年の記憶」を「大阪朝日新聞」に、**5**脚本「恋を知る頃」を、**9**「熱風に吹かれて」をいずれも「中央公論」に発表。**10**「恋を知る頃」（現代傑作叢書）を植竹書院より刊行。**12**「グリーブ家のバアバラの話」を「中央公論」に発表。

一九一四（大正三）年　二八歳　**1**「捨てられる迄」を「中央公論」に発表。**3**「甍」（「憎み」「熱風に吹かれて」）を鳳鳴社より刊行。**9**「饒太郎」を「中央公論」に、**12**「金色の死」を「東京朝日新聞」に発表。「麒麟」を植竹書院より刊行。

一九一五（大正四）年　二九歳　**1**「お艶殺し」を「中央公論」に発表。**5**石川千代子と結婚。**6**戯曲「法成寺物語」を「中央公論」に発表。**9**「お才と巳之介」を「中央公論」に発表。**10**「お艶殺し」を千章館より、「お才と巳之介」を新潮社より刊行。**11**「独探」を「新小説」に発表。

一九一六（大正五）年　三〇歳　**1**「神童」を「中央公論」に、「鬼の面」を「東京朝日新聞」に、**3**戯曲「恐怖時代」（発禁）を「中央公論」に発表。長女鮎子誕生。**5**「発売禁止に就きて」「父となりて」を「中央公論」に発表。6「金色の死」を日東堂より刊行。9「亡友」（発禁）を「新小説」に、「美男」（発禁）を「新潮」に、11「病蓐の幻想」を「中央公論」に発表。

一九一七（大正六）年　三一歳　1「人魚の嘆き」を「中央公論」に、「魔術師」を「新小説」に、2「鶯姫」を「中央公論」に発表。4「人魚の嘆き」を春陽堂より刊行（挿絵のため発禁）。5母関死去。7「異端者の悲しみ」を、9戯曲「十五夜物語」をいずれも「中央公論」に、「女人神聖」を「婦人公論」に発表（一九一八6完）。「異端者の悲しみ」を阿蘭陀書房から刊行。11「ハッサン・カンの妖術」を「中央公論」に発表。このころ妻の妹との恋愛事件起こる。

一九一八（大正七）年　三二歳　2「兄弟」を「中央公論」に、3「人面疽」を「新小説」に、4「二人の稚児」を「中央公論」に、5「金と銀」を「黒潮」に（後半、七月増刊号「中央公論」）、8「小さな王国」を「中外」に、童話「敵討」を「赤い鳥」に発表。「二人の稚児」を春陽堂より刊行。9「嘆きの門」を「中央公論」に（11完）、10「柳湯の事件」を「中外」に発表。「金と銀」を春陽堂より刊行。11家族を父・倉五郎の家に預け、単身中国旅行に赴き、12末、帰国。

一九一九（大正八）年　三三歳　1「母を恋ふる記」を「大阪毎日新聞」「東京日日新聞」に、2「蘇州紀行」を「中央公論」に発表（3完）。父・倉五郎死去。6「富美子の足」を「雄弁」に発表（7完）。「小さな王国」を天佑社より刊行。7「呪われた戯曲」を、8「人魚の嘆き・魔術師」を春陽堂より刊行（挿絵のため発禁）。**9**「或る少年の怯れ」を「中央公論」に発表。永井荷風序「近代情痴集」を新潮社より刊行。**12**「自画像」を春陽堂より刊行。神奈川県小田原に転居。佐藤春夫との交遊はじまる。

一九二〇（大正九）年　三四歳　**1**「鮫人」を「中央公論」に（**10**完）、「途上」を「改造」に発表。「女人神聖」を春陽堂より刊行。**2**「恐怖時代」を天佑社より刊行。**4**「芸術一家言」を「改造」に発表（**10**まで四回連載）。**5**大正活映の脚本部顧問となる。**6**シナリオ「アマチュア倶楽部」を脱稿（**11**有楽座で公開される）。「天鵞絨の夢」を天佑社より刊行。**11**泉鏡花「葛飾砂子」を脚色撮影した。

一九二一（大正一〇）年　三五歳　**1**「潤一郎傑作全集」（全五巻）を春陽堂より刊行。**3**「私」を「改造」に、「不幸な母の話」を「中央公論」に発表。「雛祭の夜」を撮影、ついで「蛇性の婬」を脚色製作。**7**「法成寺物語」を新潮社より刊行。**8**「AとBの話」を「改造」に、『カリガリ博士』を見る」を「活動雑誌」に発表。**9**横浜本牧に転居、西欧趣味に徹し、欧州旅行を念願する。**10**「AとBの話」を新潮社より刊行。**11**大正活映を退社。**12**戯曲「愛すればこそ」（第一幕）を「改造」に発表。この年、〝妻の妹と結婚し、夫人を佐藤春夫に譲る〟との約束をひるがえしたため、佐藤春夫と絶交する、いわゆる〈小田原事件〉が起こる。

一九二二（大正一一）年　三六歳　**1**戯曲「堕落」（「愛すればこそ」第二、第三幕）を「中央公論」

に、3「青い花」を「改造」に、6戯曲「お国と五平」を「新小説」に発表。「愛すればこそ」を改造社より刊行。7戯曲「本牧夜話」を「改造」に発表。「お国と五平」を帝国劇場で演出。「お国と五平他二篇」を春陽堂より刊行。10「神童」を金星堂より刊行。

一九二三（大正一二）年　三七歳　1「アヹ・マリア」を「中央公論」に、戯曲「愛なき人々」を「改造」に、「神と人との間」を「婦人公論」に（一九二四12完）、「肉塊」を「東京朝日新聞」に（4完）発表。2「愛なき人々」を改造社より、3「アヹ・マリア」を新潮社より刊行。7「潤一郎戯曲傑作集」を金星社より刊行。9箱根で関東大震災に遭い、月末、一家を挙げて関西に移り住む。11「港の人々」を「女性」に発表。

一九二四（大正一三）年　三八歳　1戯曲「無明と愛染」（第一幕）を「改造」（第二幕は3に発表）に発表。「肉塊」を春陽堂より刊行。3「痴人の愛」（前半）を「大阪朝日新聞」に発表（6まで）。5「無明と愛染」をプラトン社より、9「小さな王国他七篇」を新栄閣より、10「芸術一家言」を金星堂より刊行。11「痴人の愛」（後半）を「女性」に発表（一九二五7完）。12「新選谷崎潤一郎集」を改造社から刊行。

一九二五（大正一四）年　三九歳　1戯曲「マンドリンを弾く男」を発表。「神と人との間」を新潮社より刊行。4「饒洞先生」を、7「赤い屋根」を「改造」に発表。「痴人の愛」を改造社より刊行。

11「馬の糞」を「改造」に発表。

一九二六（大正一五・昭和元）年　四〇歳　1「友田と松永の話」を「主婦の友」に発表（5完）。再び中国に遊び、内山完造、郭沫若らと知り合う。2帰国。「鮫人」を改造社より刊行。4「上海見聞記」を「女性」に（8完）、8「青塚氏の話」を「改造」に発表（12完）。9戯曲「白日夢」を「中央公論」に発表。「潤一郎喜劇集」を春秋社より、「赤い屋根」を改造社より刊行。この年、佐藤春夫と和解。

一九二七（昭和二）年　四一歳　1「顕現」を「婦人公論」に（一九二八1完）、2「饒舌録」を「改造」に連載（12完）、芥川龍之介（「文芸的な、余りに文芸的な」）と論争。「谷崎潤一郎集」（現代日本文学全集）と、「愛すればこそ・愛なき人々」を改造社より刊行。7芥川龍之介、自殺。9「芥川君と私」を「改造」に、「いたましき人」を「文藝春秋」（芥川龍之介追悼号）に発表。

一九二八（昭和三）年　四二歳　2「谷崎潤一郎篇」（明治大正文学全集）を春陽堂から刊行。3「卍（まんじ）」を「改造」に（一九三〇4完）、「黒白」を「朝日新聞」に（7完）、5「続蘿洞先生」を「新潮」に、12「蓼喰ふ虫」を「大阪毎日新聞」「東京日日新聞」に（一九二九6完）発表。

一九二九（昭和四）年　四三歳　10「三人法師」を「中央公論」に（11完）発表。「饒舌録」を改造

社より刊行。11「現代国語の欠点について」を「改造」に発表。「蓼喰ふ虫」を改造社より刊行。

一九三〇（昭和五）年　四四歳　3「乱菊物語」を「朝日新聞」に（9前編終り）、4「春寒」を「新青年」に発表。「谷崎潤一郎全集」（全一二巻）を改造社より刊行（一九三一10完）。5「懶惰の説」を「中央公論」に発表。8妻千代子と離婚。千代子が佐藤春夫と結婚する旨の三人連署の挨拶状を知友に送り、世間を驚かせた。

一九三一（昭和六）年　四五歳　1「吉野葛」を「中央公論」に（2完）、4「恋愛と色情」を「婦人公論」に（6完）発表。「卍」を改造社より刊行。古川丁未子と結婚。9「盲目物語」を「中央公論」に、10「武州公秘話」を「新青年」に（一九三二11完）、11「永井荷風氏の近業について」（『つゆのあとさき』を読む」と改題）を「改造」に、「佐藤春夫に与へて過去半生を語る書」を「中央公論」に（12完）発表。

一九三二（昭和七）年　四六歳　2「私の見た大阪及び大阪人」を「中央公論」に発表（4完）。「盲目物語」を中央公論社より、4「倚松庵随筆」を創元社より刊行。7「正宗白鳥氏の批評を読んで」を「改造」に、9「青春物語」（10以降「若き日のことども」と改題）を「中央公論」に（一九三三3完）、11「蘆刈」を「改造」に（12完）発表。

一九三三（昭和八）年　四七歳　3「『芸』について」（「芸談」と改題）を「改造」に発表（4完）。4自筆本「蘆刈」を創元社から刊行。5妻丁未子と別居。6「春琴抄」を「中央公論」に、「装釘漫談」を「読売新聞」に、7「韮崎氏の口よりシュパイヘル・シュタインが飛び出す話」を「経済往来」に、8戯曲「顔世」を「改造」に（10完）発表。「青春物語」を中央公論社より刊行。12「陰翳礼讃」を「経済往来」に発表（一九三四1完）。「春琴抄」を創元社より刊行。

一九三四（昭和九）年　四八歳　1「東京をおもふ」を「中央公論」に発表（4完）。3根津松子と同棲。6「春琴抄後語」を「改造」に発表。10妻丁未子と正式に離婚。11「文章読本」を中央公論社より刊行。

一九三五（昭和一〇）年　四九歳　1「私の貧乏物語」を「中央公論」に、「聞書抄」を「大阪毎日新聞」「東京日日新聞」に（6完）発表。森田（根津）松子と結婚（松子の子・恵美子を養女とする）。5「摂陽随筆」を中央公論社より刊行。7「厠のいろ〳〵」を「文藝春秋」に、「蠣殻町と茅場町」を「日本橋」第二号に、8「旅のいろ〳〵」を「経済往来」に発表。9「源氏物語」現代語訳の執筆をはじめた。10「武州公秘話」を中央公論社より刊行。

一九三六（昭和一一）年　五〇歳　1「猫と庄造と二人のをんな」を「改造」に（後半は7）、「翻訳小説二つ三つ」を「読売新聞」に発表。4「鶉鷸隴雑纂」を日本評論社より、6限定版六部集「蓼喰ふ虫」を創元社より刊行。

一九三七（昭和一二）年　五一歳　1「白狐の湯」を「新潮」に発表。2六部集の第二集「盲目物語」を創元社より刊行。6帝国芸術院（現・日本芸術院）会員となる。7「猫と庄造と二人のをんな」を、12六部集の第三集「吉野葛」をいずれも創元社より刊行。

一九三八（昭和一三）年　五二歳　2「源氏物語の現代語訳について」を「中央公論」に発表。9現代語訳「源氏物語」（三三九一枚）を脱稿。

一九三九（昭和一四）年　五三歳　1『潤一郎訳源氏物語』（全二六巻）を中央公論社より刊行（一九四一7完）。10「泉先生と私」を「文藝春秋」に発表。

一九四〇（昭和一五）年　五四歳　3「純粋に『日本的』な『鏡花世界』」を「図書」に、4「旧友左団次を悼む」を「中央公論」に発表。

一九四二（昭和一七）年　五六歳　3「シンガポール陥落に際して」を「文藝」に、6「初音」を「日本評論」に（9完）、「きのふけふ」を「文藝春秋」に（11完）発表。12「初音・きのふけふ」を創元社より刊行。この年、「細雪」の稿を起こす。

一九四三（昭和一八）年　五七歳　1「細雪」を「中央公論」に連載しはじめた（第二回は3）が、陸軍省報道部より掲載禁止を命じられた。が、疎開生活の中で執筆を続けた。12六部集の第四集「聞書抄」（第二盲目物語）を創元社より刊行。

一九四四（昭和一九）年　五八歳　4兵庫県魚崎町から熱海市に疎開。7「細雪」上巻を二〇〇部限定自費出版。12「細雪」中巻の稿が成ったが、軍当局の干渉によって印刷頒布を禁ぜられた。

一九四五（昭和二〇）年　五九歳　5岡山県津山市に、7同県勝山町に疎開。8岡山県に疎開中の永井荷風と会う。

一九四六（昭和二一）年　六〇歳　3京都に移る。6「細雪」上巻を中央公論社より刊行。8「磯田多佳女のこと」を「新生」に（9完）、10日記「熱海・魚崎・東京」を「人間」に、「奉天時代の杢太郎」を「芸林閒歩」に発表。11左京区南禅寺下河原町に転居。新居を潺湲亭《せんかん》と名付ける。12「同窓の人々」を「新潮」に発表。

一九四七（昭和二二）年　六一歳　1「潺湲亭のことその他」を「中央公論」に発表。2「細雪」中巻を中央公論社より刊行。3「細雪」下巻を「婦人公論」に発表（一九四八10完）。9「磯田多佳女のこと」を全国書房より刊行。11「細雪」によって毎日出版文化賞を受賞。

一九四八（昭和二三）年　六二歳　3歌集「都忘れの記」を創元社より刊行。5「細雪」下巻を脱稿。8「所謂痴呆の芸術について」を「新文学」に（10完）、10「客ぎらひ」を「文学の世界」に、「雪」を「新潮」に、11「『細雪』その他」を「作品」に発表。12「細雪」下巻を中央公論社より刊行。

一九四九（昭和二四）年　六三歳　1「細雪」により、朝日文化賞を受賞。同月、「月と狂言師」を、3「嶋中君と私」を「中央公論」に発表。5左京区下鴨泉川町に転居。9「京洛その折々」を「旅」に発表。10「乱菊物語」を創芸社より刊行。11第八回文化勲章を受章。12「少将滋幹の母」を「毎日新聞」に発表（一九五〇3完）。

一九五〇（昭和二五）年　六四歳　1「A夫人の手紙」（一九四六年秋執筆、CIEの検閲のため発表できなかった）を「中央公論」文芸特集号に発表。2熱海市仲田に別邸を求め、以後、夏冬をここで過すことが多くなった。3「月と狂言師」を中央公論社より刊行。4「京の夢と大阪の夢」を日本交通公社出版部より刊行。6「颷風」（発禁作品集）を啓明社より刊行。新訳「源氏物語」の執筆をはじめる。7「谷崎潤一郎作品集」（全九巻）を創元社より（一九五一1完）、8「少将滋幹の母」を毎日新聞社より刊行。

一九五一（昭和二六）年　六五歳　1「元三大師の母――乳野物語――」を「心」に（3完）、「『篁日記』を読む」（「小野篁妹に恋する事」と改題）を「中央公論」に発表。5「潤一郎新訳源氏物語」（全一二巻）を中央公論社より（一九五四12完）、6「谷崎潤一郎随筆選集」（全三巻）を創芸社より（7完）刊行。11「忘れ得ぬ日の記録」を「天皇歌集みやまきりしま」に発表。文化功労者となる。

一九五二（昭和二七）年　六六歳　1「吉井勇君に」を、3「或る時」をいずれも「毎日新聞」に、5「久米君の死の前後」を「文藝春秋」に発表。7「谷崎潤一郎集」（現代文豪名作全集）を河出書房より刊行。この年健康を害し、熱海で静養することが多かった。

一九五三（昭和二八）年　六七歳　1「ラヂオ漫談」を、3「春団次のことその他」を「毎日新聞」に発表。5熱海の別邸を処分。6「谷崎潤一郎集」（昭和文学全集）を角川書店より、9「谷崎潤一郎文庫」（全一〇巻）を中央公論社より（一九五四2完）刊行。

一九五四（昭和二九）年　六八歳　2「続谷崎潤一郎集」（昭和文学全集）を角川書店より刊行。4熱海市伊豆山に転居。7「潤一郎新訳源氏物語」を脱稿。9「谷崎潤一郎集」㈠（現代日本文学全集）を筑摩書房より刊行。11「老俳優の思ひ出――上山草人のこと――」を「別冊文藝春秋」に発表。

一九五五（昭和三〇）年　六九歳　1「老いのくりこと」を「中央公論」に、2「創作余談」を「毎日新聞」に、4「幼少時代」を「文藝春秋」に（一九五六3完）、11「過酸化マンガン水の夢」を「中央公論」に発表。

一九五六（昭和三一）年　七〇歳　1「鍵」を「中央公論」に（12完）、2「鴨東綺譚」を「週刊新潮」に（3まで、六回、第一部完）発表。4「谷崎潤一郎集」(二)（現代日本文学全集）を筑摩書房より、11「過酸化マンガン水の夢」、12「鍵」を中央公論社より刊行。年末、京都下鴨の邸を処分。

一九五七（昭和三二）年　七一歳　2「欧陽予倩君の長詩」を「心」に発表。3「幼少時代」を文藝春秋新社より刊行。7「老後の春」、9「親不孝の思ひ出」（三回で中絶）を「中央公論」に発表。12「谷崎潤一郎全集」（全三〇巻）を中央公論社より刊行（一九五九7完）。

一九五八（昭和三三）年　七二歳　1「明治回顧」を「東京タイムズ」に、2「残虐記」を「婦人公論」に（11で中絶）、5「あの頃のこと」を「週刊朝日」奉仕版に、6「ふるさと」を「中央公論」に、7「四月の日記」を「心」に発表。

一九五九（昭和三四）年　七三歳　1「気になること」を「中央公論」に、4「高血圧症の思ひ出」を「週刊新潮」に（六回完）発表。「細雪」（世界名作全集）を平凡社より、9「潤一郎訳源氏物語」（新書判、全八巻）を中央公論社より（一九六〇5完）刊行。10「夢の浮橋」を「中央公論」に、11

り刊行。

「文壇昔ばなし」を「週刊公論」に(三回完)発表。「谷崎潤一郎集」(二)(日本文学全集)を新潮社よ

一九六〇(昭和三五)年　七四歳　**1**「或る日の問答」を「中央公論」に、「石仏抄」(「千万子抄」と改題)を「心」に発表。**2**「夢の浮橋」を中央公論社より刊行。**4**次女恵美子が観世栄夫と結婚。**6**「細雪」(世界名作全集)を筑摩書房より刊行。**9**「三つの場合」を「中央公論」に発表。**10**「谷崎潤一郎集」(一)(日本現代文学全集)を講談社から刊行。狭心症で東大病院に入院、**12**退院した。

一九六一(昭和三六)年　七五歳　**1**「親父の話」を「東京新聞」に、**3**「当世鹿もどき」を「週刊公論」に(**7**完)発表。**4**「三つの場合」を中央公論社より、「谷崎潤一郎集」(一)(日本文学全集)を新潮社より刊行。**9**「当世鹿もどき」を中央公論社より、**10**愛蔵版「谷崎潤一郎訳源氏物語」(全五巻別巻一)を中央公論社より(一九六二**4**完)刊行。同月、「女優さんと私」(二回完)を「朝日新聞」に、**11**「瘋癲老人日記」を「中央公論」に(一九六二**5**完)発表。「谷崎潤一郎」(昭和文学全集カスタム版)を角川書店より刊行。

一九六二(昭和三七)年　七六歳　**1**「わが小説」を「朝日新聞」に発表。**3**「谷崎潤一郎集」(日本文学全集)を河出書房新社より、**5**「瘋癲老人日記」を中央公論社より刊行。**5**から**6**にかけて随筆六編を「朝日新聞」PR版に、**10**「台所太平記」を「サンデー毎日」に(一九六三**3**完)発表。

一九六三（昭和三八）年　七七歳　**1**「瘋癲老人日記」により毎日芸術大賞を受賞。**2**から**3**にかけて随筆五編を「朝日新聞」P.R版に発表。**4**「台所太平記」を中央公論社より刊行。伊豆山の邸を処分し、熱海市西山町（吉川英治別荘）に転居。「谷崎潤一郎集」㈡（日本現代文学全集）を講談社より刊行。**6**「雪後庵夜話」を「中央公論」に（**9**完）、**8**「京羽二重」を「新潮」に発表。**9**「谷崎潤一郎集」（現代の文学）を河出書房新社より刊行。

一九六四（昭和三九）年　七八歳　**1**「おしゃべり」を「婦人公論」に、「続雪後庵夜話」を「中央公論」に発表。**2**「谷崎潤一郎集」㈠（日本の文学）を中央公論社より刊行。**6**日本人初の全米芸術院・米国文学芸術アカデミー名誉会員となる。**7**神奈川県湯河原町に新築移転。「湘碧山房」と名付けた。**8**「谷崎潤一郎集」㈠（現代文学大系）を筑摩書房より、**11**「新々訳源氏物語」を中央公論社より（一九六五**10**完）刊行。

一九六五（昭和四〇）年　七九歳　**1**東京医科歯科大学付属病院に入院、**3**退院。**5**京都に遊ぶ。**7**・**30**腎不全から心不全を併発し、湯河原の自宅で死去。**8**・**3**青山斎場で葬儀が行われた。「にくまれ口」が「婦人公論」九月号に、「七十九歳の春」が「中央公論」九月号にそれぞれ絶筆として発表された。**9**・**25**京都市左京区鹿ヶ谷法然院に葬られた。戒名は安楽寿院功誉文林徳潤居士。

（編集部）

ちくま文庫

教科書《きょうかしょ》で読《よ》む名作《めいさく》
陰翳礼讃《いんえいらいさん》・刺青《しせい》ほか

二〇一七年一月十日　第一刷発行

著者　谷崎潤一郎（たにざき・じゅんいちろう）

発行者　山野浩一

発行所　株式会社　筑摩書房
東京都台東区蔵前二―五―三　〒一一一―八七五五
振替〇〇一六〇―八―四一二三

装幀者　安野光雅

印刷所　凸版印刷株式会社

製本所　凸版印刷株式会社

乱丁・落丁本の場合は、左記宛にご送付下さい。
送料小社負担でお取り替えいたします。
ご注文・お問い合わせも左記へお願いします。
筑摩書房サービスセンター
埼玉県さいたま市北区櫛引町二―六〇四　〒三三一―八五〇七
電話番号　〇四八―六五一―〇〇五三

ISBN978-4-480-43414-2 C0193